UN252376

晴れときどき認知症

父と母と私の介護3000日

脇谷みどり

鳳書院

脇谷家の人びと

はじめに

母が、うつ病と認知症を併発したのは、21年前でした。阪神・淡路大震災（1995年）が私たちの住む西宮《にしのみや》（兵庫県）を襲った翌年です。父から連絡があった時の母は、自殺までしかねない状態でした。

私には、重度の障がいがある娘がいます。郷里の大分に帰ることのできない私は、生きる希望を失った母に、張り詰めた日々を送る父に、「くすっ」と笑える葉書を毎日送りました。

「笑い」は、凍りついた母の心をゆっくりと溶かし、4年目にうつ病も認知症も克服。私はその後も葉書を送り続け、13年間で5000枚を超えました。その顛末は『希望のスイッチは、くすっ』という本になりました。

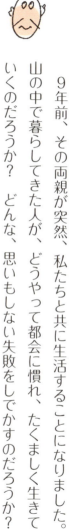

9年前、その両親が突然、私たちと共に生活することになりました。山の中で暮らしてきた人が、どうやって都会に慣れ、たくましく生きていくのだろうか？　どんな、思いもしない失敗をしでかすのだろうか？　18歳からずっと故郷を離れて暮らしてきた私は、両親を知っているようで実はよくわかっていません。新しい生活は「不安だよな〜」、いや「面白いかもしれない？」と、正反対の思いが交錯する中でスタートしました。

両親を西宮に迎えて、娘・かのことの日常を毎月つづっていた手書きの個人通信に、父・孝一＝たかかずさん、母・マス＝まっちゃんの生活が加わりました。すると、驚いたことに、今までのどの記事より反響が大きかったのです。

「今月のたかかずさんは、すごかったねー、と家族で大笑いよ」

「たかかずさんって、本当に可愛いわ！」

「まっちゃんの乙女さが、とてもチャーミング」
「うちのじいちゃんが毎月楽しみにしているのよ。必ずたかかずさんとまっちゃんのこと書いてね」

と返信が入るようになりました。社会に何の影響も与えないだろうと思ったお年寄り二人は、たくさんの人々を魅了したのです。そして、いつしか個人通信の定番の記事になっていきました。

我が家は、何が起きてもめったに動じない、そして、いざという時には頼りになる学者肌の夫、脳性麻痺で寝たきりの娘、私の三人暮らしです。そして、無類の愛で祖父母を包み込むアメリカ在住の息子夫婦で構成されています。ここに、たかかずさんとまっちゃんが加わって、新しい生活が始まりました。

障がい者の介護は、娘で鍛えられてきた私も、お年寄りの介護は、ピカピカの1年生です。しかも我が家のお年寄り二人は、型破りの自由

人。毎日繰り広げられるドタバタ劇を、あなたも家族のように面白がってください。

人生、ホカホカの陽だまりのような日ばかりでは、ありません。西宮に来て4年目に発症した、たかかずさんの認知症。それが理由で起こる争いや戸惑い、涙。

「さぁ、どうやって乗り越えていこう?」

「心が折れて座り込んだら負けだ。立ち上がって今日も歩こう」

そんな日々も、みなさん、いっしょに歩いてください。ドキドキしてください。

たかかずさん、まっちゃんと歩いた3000日が、多くの方々に笑いと一歩を踏み出す勇気を届けることができたら、私たちもとてもうれしく思います。

晴れ ときどき 認知症 ——父と母と私の介護3000日《もくじ》

第4章 デイ・デビュー

第5章 老いの坂道

第6章 たかかずさんが壊れていく

●装幀、本文デザイン……澤井慶子
●カバー及び本文中のイラスト……著者

第1章

たかかずさん まっちゃんが やって来た

23年の時を越えて

2008年11月21日――。

私は、伊丹空港（大阪国際空港）の到着ロビーに立っていました。23年ぶりに会う両親を迎えるためです。

なぜそんなに長い間、両親に会えなかったのか。それには、二つの理由がありました。一つは、娘の「かのこ」に重い障がいがあるためです。脳性麻痺で、生まれた時からずっとひきつけの発作があり、入退院を繰り返していました。

私の郷里は大分県の佐伯《さいき》市です。日豊《にっぽう》線の佐伯駅からバスで山の中を40分走ると、目の前に海が開けます。豊かな海の幸、山の幸に恵まれた小さな町で子ども時代を過ごしました。遊興施設などなく、小さなスーパーがあるだけでした。

ひとたび娘が発作を起こしたら、町の小さな病院では十分な対応ができません。娘を連れて里帰りをすることは、怖くてできませんでした。

私が最後に両親に会ったのは、娘が2歳の時です。夫が運転する車で、別府行きのフェリーに乗り、たくさんの薬を持って故郷に向かいました。大きな発作を起こさないでと祈りながらの、決死の覚悟の旅でした。

ずっと会えなかったもう一つの理由は、母の病気です。67歳の時にうつ病に加え、認知症を発症したのでした。

❀　❀　❀

この日の伊丹市の空は、今にも雨になりそうな厚い雲が横たわり、風も強く吹いていました。年老いた両親が乗ってくる飛行機は、74人乗りの小さなプロペラ機です。こんな天気ですから、飛行機はかなり揺れているに違いありません。私は空を見上げ、二人の無事を念じていました。

今日の出迎えのために、娘の体調管理には、細心の注意を払いました。朝、かのこを「青葉園」（娘が通う施設）に預けると、たっぷり時間の余裕をもって家を出ました。空港に着くと、飛行機の到着まで1時間近くありました。
その間、私はロビーの椅子に座り、これからすべきことをいろいろ考えていました。転入届の提出、保険証の申請など役所の手続きだけでも山のようにあり、うんざりしていました。そんな自分に、「一つずつ、一つずつ片付けていけば、いつかは終わる」と言い聞かせていました。

娘との暮らしは、毎日が綱渡りのようでした。突然起きる不慮の出来事に焦《あせ》り、怯《おび》え、苦悩してきました。そのたびに「一つずつ」と心の手綱《たづな》を取り、ゴールまで歩いてきました。何よりも今は、二人を無事に迎え入れることが「最初の一つだ」と、つぶやいていたのを覚えています。

大分からの飛行機の「到着」の表示が、電光掲示板に出ました。20分ほどすると、二人の姿が手荷物受取所に現れました。見覚えのある黒のオーバーコートを着た父。明るいグレーのショートコートを身にまとい、転びそうに、つんのめりながら歩く母。私はガラス越しに大きく手を振りました。父が私に気づき、母の肩を叩いてい

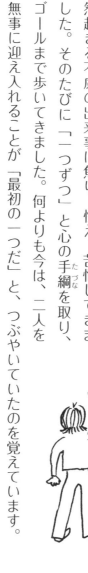

ます。感激屋の母は、泣き出しそうな顔でこちらに手を振り返しました。込み上げる思いに突き動かされたのでしょう。父が、私が待つ到着ロビーに向かって歩きはじめました。はやる気持ちとは裏腹に、足元はおぼつかなくて、見ている方がハラハラします。

「ダメ、ダメ。荷物を取ってからよ。一度出たら荷物を取りに入れないよ！」

私は、大声で叫びました。その声で父は、荷物を取りにターンテーブルに慌てて戻りました。

二人とも杖をついていました。ガラス越しに見る両親は、思ったよりずっと老いていました。電話でいつも元気な声で話す母は81歳。その腰は、〝くの字〟に曲がっていました。90歳の父は長身で、若い頃は人目をひくたくましい男性でした。その頑健な体も細くなり、小さく見えました。あれほど威厳に満ちて怖かった人が、私を見つけた時に向けた笑顔が、親を探し当てた子どものように無邪気に見えました。私の胸は、説明できない切なさでいっぱいになりました。涙を必死にこらえました。

ほんま？　大分を離れられるの？

振り返れば、〝奇跡の再会〟は、一本の電話から始まりました。

「日本国中探して、いい養老院があればそこに行くことにしたから、あなたに連絡したのよ。それは、北海道かもしれないからね」

受話器を取るや、母はいきなり切り出しました。私は、耳を疑いました。

父のたかかずさんと、母のまっちゃんは、当時としては珍しく、大恋愛の末に結ばれました。父は、大分工業高校を卒業後、満州鉄道の技術者になりました。満州で終戦を迎え、大分に戻ると郵便局に勤めました。その頃、同じ家に間借りしていた小学校の教員であった母と話すようになり、意気投合して結婚したのです。

郵便局が休みの日、たかかずさんは農業に汗を流しました。戦争ですべての価値観が一変した時代です。「大地は嘘をつかない」が、信条の人でした。どんなことがあっても生きていく。その術として父が信じるにたるものが、大地であり、農業でした。私と妹が生まれると、父は貯めたお金で山あいの土地を買い、ミカンなどの果樹を植え続けました。

炭問屋のお嬢様だったまっちゃんは、父と出会い、その手に鍬《くわ》を持ち、鎌《かま》を握りました。怖いもの知らずで、生来の新しもの好き。何かに夢中になると一生懸命。そんな性格が幸いし、お嬢様は土にまみれ、ニワトリを追い回し、ヤギの乳をしぼるなど農業に突き進んでいくのです。

考えれば、私も妹も、両親から可愛い洋服を買ってもらったり、遊園地に連れて行ってもらった記憶がありません。鮮烈に残っているのは、二人が働く姿でした。ミカンの木を植えるときは、子どもの背丈ほどの深さまで穴を掘らなくてはいけません。幼い私は、穴ができるたびに

「中に入ってみろ」と呼ばれ、定規代わりにされました。
夢のために節約は当たり前でした。たかかずさんは、無駄だと判断した車は持たず、ひたすら歩き、自転車を友としました。何よりの喜びは、幼い私と妹をリヤカーに乗せて畑に行くこと。真面目に、真面目に生きてきました。そんな二人にとって、故郷の大分は夢を育んだ大地なのです。

みどり「えっ！どこにでも行くって？　大好きな大分を離れられるの？」

まっちゃん「そう。どこに行ってもお父さんと生きていくから。
大丈夫だから、あなたは寂しく思わないでね」

おや？　ほんまに大分を離れると言っている。本気なんや――。そう思った瞬間、考えるより先に言葉が口をついて出ていました。

みどり「日本中、どこでもいいのなら、兵庫県にだって来られるよねぇ」

まっちゃん「えっ……。まぁ、ねえ……」

みどり「わかった！　それなら、うちの団地の同じ棟に部屋を借りるから、越してきませんか？　兵庫に、西宮に」

まっちゃん「えっ！」

みどり「私もお世話ができるし、うれしいから、ぜひ来てください！　お父さんに相談してみて」

短大に進学した18歳の時から、私はずっと関西で暮らしてきました。結婚してからは、〝大阪のおかんたち〟に揉《も》まれ、母となってからは、障がいのある娘にも鍛えられ、お節介なおばちゃんになりました。母のひと言にも、考えるよりも先に反応していました。受話器を置くと、私はアメリカで障害児教育について学んでいる息子の正嗣《まさし》へメールを打ちました。

「あのね、突然だけど、大分のおじいちゃんとおばあちゃんを西宮に迎えようと思うのよ」

息子は、「そうなん。ええんちゃう」と、短く返信してきました。夫も、夫の家族も、大分の両親を迎えることを快く認めてくれました。本当にありがたいことです。翌日、まっちゃんから電話がありました。

「昨日の話だけど、そっちに行くことにします。お父さんとも、そっちに行ったら、かのこちゃんの世話もしてあげようね、あなたの少しでも助けになろうねと話しているのよ。アメリカのまぁちゃんからも電話がかかってきてね。そっちに行くのを喜んでくれたのよ」

西宮行きへの不安を吹き消したのは、「まぁちゃん」こと正嗣からの電話だったらしいのです。

「無敵のお母さんと、お父さんがいるんやから、安心して行ったらいいんやで。僕もそれが安心や。新しい土地には、慌てずゆっくり慣れたらいいんやで。おばあちゃん、ゆっくりでいいんやで。ゆっくりな」

息子とまっちゃんには、特別な絆がありました。かのこより二つ年上の正嗣には、本当に可哀想なことをしたと思っています。娘が発作を起こすたびに、私は病院に駆け込む日々を送っていました。待てども、待てども、母親は病院から帰ってこない。母親に一番甘えたいときに、正嗣の傍らにいてあげられなかったのです。大声で叫び、泣きわめいても母はいない。その悲しみを思うと、今でも胸が痛みます。

そんな彼の切ない気持ちを癒してあげたくて、両親に夏休みの間、正嗣を預かってほしいとお願いしたのでした。息子は、夏休みになると、勇んで出かけました。自分を一番に思ってくれる祖父母の愛に抱かれ、海で泳ぎ、山で探検をし、伸び伸びと過ごしました。

学校が始まり、息子が帰宅すると、「まぁちゃん、元気にしてる？　おばあちゃんは寂しいわ」と、必ず母から電話がかかってきました。私にも「ちゃんとしてあげてね。こっちで小学校を卒業するまで預かるっていうのはどう？」と、息子を心配してくれました。その愛する孫から賛成された西宮行きは、母に正しい選択だとの確信を持たせることになりました。

それにしても、こんな重要なことが、こんなにも簡単に決まっていいのだろうか？　いやいや、ある日突然、物事は転がり出すとも言うではないか。そうと決まったら早い方がいい。

「それじゃぁ、西宮に来てくれるんやね。では部屋を借りるね。なるべく私の家のそばにするね。急なことだけど、引っ越しの準備、気をつけてね」


しかし、一夜明けて興奮が冷めると、〝大丈夫やろうか？〟という不安が湧いてきました。私が住む武庫川団地は、公団住宅が32棟も立ち並ぶマンモスタウンです。私自身が引っ越してきた時、「ここはニューヨークのマンハッタンか」と驚かされたほど。林立する高層ビルの中に迷い込むと、自分がどこにいるのか、まったくわからなくなりました。

　農業を糧としてきた両親が、都会の生活を受け入れることができるだろうか。それなりの決意をしてきても、体が拒絶反応を起こさないだろうか……。気がかりは、かのこが体調を崩したときのことでした。免疫力が弱く、些細な菌でも感染してしまう娘は、年に何度も入退院を繰り返していました。その生活は、これからも変わりません。私が付き添いで病院に泊まり込んでいる間、二人をどうしたらいいのか。気になり出すと切りがありません。

同じように障がいのある我が子を介護しているママ友たちに、田舎の両親を迎えることを話すと、「えっ〜」と驚かれました。

「そりゃ、大変だわ。無謀だわ。無理、無理。かのこちゃんだけでも、ものすごく大変なのに、きっと後悔するよ」

「それだけ高齢なんだから、ご両親の介護だってすぐ始まるよ」

親の介護もしている友人の言葉は、私が心配していることそのものでした。やっぱり、そうだよな……。老いた両親は、これからたくさん病気をするだろう。娘に加えて両親が共に倒れて「トリプル介護」なんてケースも生まれるだろう。そうなったらどうしよう。不安は、黒雲のように広がっていきました。

そんな私の心とは裏腹に、引っ越しは順調に進んでいきました。ラッキーなことに両親の家は、私たちが住んでいる棟の同じ階に見つけることができました。スープの冷めない50メートルの距離です。

90歳の新天地

あの日の電話からわずか2週間——。今、私は空港の到着ロビーで、父と母に再会し、抱き合うことができました。奇跡が起きたのです。

「飛行機が揺れて、ずっと目をつむってた（閉じていた）の。本当に怖くてね、もう、空中分解するんじゃないかと思ったわ」

大きな目をクリクリさせて語る81歳の母は、まるで少女のようです。

「ごめんね。かのこを預けている間じゃないと迎えに来られないから、小さい飛行機しかなかったのよ」

まっちゃんの声は弾んでいました。「早く、かのこちゃんに会いたいわ」「大分には、もう帰らないの」。私は、母の手を引き、父の荷物を持ち、タクシーに乗り込みました。これから二人の新天地となる西宮まで1時間の旅です。空はいつのまにか明るくなっていました。タクシーの窓の外を流れる景色に驚きの声を上げていた母は、長旅の疲れと緊張から解放されたのでしょう。しばらくすると、ウトウトしはじめました。

一方のたかかずさんは、窓の外を食い入るように眺め、景色を観察していました。タクシーは伊丹市から西宮市に入りました。海に注ぐ武庫川沿いを走り出すと、父は疲れるどころか、さらに元気になりました。

「おぅ〜、川があるんじゃやなぁ。佐伯の番匠川《ばんじょう》より大きいなぁ。ここの松は松くい虫にやられてないのぅ。立派な枝ぶりをしとる」

90歳の父は前を向き、新しい生活を受け入れようとしていました。その姿に私の心は、一気に晴れていきました。

かのこの障がいを受け止めた日から、私は覚悟してきたことがありました。それは、両親の死に目に会えないことでした。危篤の知らせを受け取っても、娘を預け、大分に向かえるのは、早くて3日はかかるでしょう。それから大急ぎで郷里に向かっても、そのときは、もう話もできない、温もりもなくなった両親に会うのだと。

それは、悲しいけれど、どうしようもないことだと、自分にずっと言い聞かせてきました。

その現実は、今、すべて消え去ったのです。これからは毎日、二人と顔を合わせて生きるのです。私は、〝奇跡の再会〟を素直に喜ぼうと思いました。

振り返れば、母が認知症を患ってから13年――。私はこの3日前まで、まっちゃんに「くすっ」と笑える葉書を毎日送ってきました。遠く離れていても、私たちは、希望に向かって歩いてきました。会うことはできなかったけれど、心はずっといっしょにあったのです。

それならば、これからどんなことが起きても、いっしょに乗り越えていけます。苦楽を分かち合っていけます。私の心の中に勇気がふつふつと湧いてきました。こうして、両親と夫と私と娘の新しい生活が始まりました。

急な引っ越しと長旅で疲れたのでしょう。二人は我が家に用意した布団に倒れ込むように入りました。まっちゃんは、目のまわりが真っ赤に腫れていました。この無謀な引っ越しが、老齢の体をどれだけ疲れさせたかを物語っていました。

第2章

ここは日本!?
関西は異国!?

ここは、田舎じゃないんだよ

新しい朝を迎え、たかかずさんとまっちゃんはベランダに出て、目の前に広がる景色を見つめていました。引っ越し前、周辺の様子は地図を送って紹介しておいたのですが、「聞く」と「見る」とでは、大違いでした。7500世帯を擁する巨大団地に、「ものすごく大きいんだね～」が最初の言葉でした。

しばらくすると大分からの荷物がやってきました。「団地暮らしは、いかに余計な物を持たないかに尽きるからね」と、二人に話していたこともあって、荷物は思いのほか少ないものでした。そんな中で、〝こんなに持ってきて？〟と驚かされたのが、大工道具でした。

もとはと言えば、たかかずさんはバリバリの技術者。日曜大工の腕前は、自負するところでした。太い材木を切る電気丸ノコや丸ノコ盤（裁断する木材を固定する作業台）、切断面を研磨する電動グラインダーまであるではないですか。これらの道具を動かされたら、ご近所にも迷惑をかけます。

本格的な工作道具を目にして、私は空港で見た危なっかしい足取りの父を思い出していました。体がふらつき、手元が一つ狂えば大けがをします。しかし、家族の必要なものを作ることは、自分にしかできない大事な仕事であって、たかかずさんはやる気満々です。大分では、鶏舎、ウサギ小屋、ヤギ小屋、納屋までありとあらゆるものを作ってきました。それも廃材を利用してです。節約家のたかかずさんは、「これは何かに活用できそうだ」と思うと、何でも拾って帰ってきました。余計なお金を使うことをよしとはしません。1円もかけずに作ることは、知恵と技術の見せどころでした。

私は、本格的な工具を使い出したら止めに入ろう。大工仕事は、たかかずさんの生き甲斐でもあるのだから好きにやらせよう。それぐらい、いいわと思いました。家賃も引っ越し費用も、お金は二人が出しているのですから、私がとやかく口を挟む権利などありませんし。

翌日、3LDKの二人の新居を訪ねると寝室が様変わりしていました。たしか、昨日は三人でこう話したはずなのです。

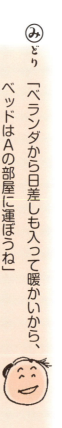

みどり「ベランダから日差しも入って暖かいから、ベッドはAの部屋に運ぼうね」

まっちゃん「そうね。お父さん、こちらからお日様が昇るんですって」

たかかず「そうか」

みどり「ここなら暖かくて、お昼寝も気持ちいいよ」

ベッドは、日差しの入らないCの部屋に移っていました。聞けば、たかかずさんが二つのベッドを大移動させたというではないですか。90歳にして恐るべき力です。Aの部屋には、すでに数々の工具が運び込まれていました。ここが作業場になるのでしょう。

1週間は、片付けや買い物で毎日がめまぐるしく過ぎました。心配した大工仕事の方も、私の出る幕はありませんでした。金づちやノコギリを使い、ユニット家具を上手にしつらえ、使い勝手のいい棚などを作っていました。生活空間が片付くと、たかかずさんの関心は、お宝探しに移ります。

たかかず「ここの粗大ゴミ置き場には、いいものが捨ててあるのぅ。もったいない、もったいない。拾ってきたぞ」

みどり「えっ、これは何なの〜」

たかかず「丈夫な板じゃ、工夫すれば使えるにのぉ〜、もったいないわ」

みどり「団地は田舎と違って狭いんだから。そのうち家中、ゴミ屋敷になるよ」

たかかず「大工仕事がしたい。誰か木材を分けてくれんかのぅ」

みどり「ホームセンターに行けば、いろいろ売っているよ」

たかかず「あのな、安く分けてくれる人は、おらんのか?」

みどり「タダってこと? それは無理だよ。山の中じゃないから」

じっとしていることは、無駄なこと。たかかずさんは、ゴミの集積場や周辺を散策しては、「お宝だ」と言って何やら拾ってきます。しばらくすると、ベランダには針金やら大小さまざまな木片、板が集められていきました。ベランダの柵にも布を張りめぐらし、用意した鉢植えの花々は、光を遮られ、みな枯れてしまいました。

さらに短い角材の端と端とを釘で打ち付け、棒にしたものを柵のあちこちに括《くく》り付けています。空に向かって角材が張り巡らされたベランダは、要塞と化していきました。父としては、すでにある物干し台だけでは干し場が足りないだろうと作ったものでしたが、空は見えなくなり、洗濯物はかえって干しにくくなりました。台風が来たら、角材はきっと吹き飛ばされるでしょう。

ひと言でも意見しようものなら「そんなことがあるか」と不機嫌になりますので、黙っているしかありません。「どうだ、良かろう?」と言われれば、苦笑いするしかないのです。それにしても、たかかずさんの振る舞いには、驚かされ続けました。でも、よ〜く考えたら、私が子どもの頃から、こういう人だったのです。呆れながら納得するしかありませんでした。

大工仕事やお宝探しに目を輝かせているたかかずさんから、楽しみを取り上げ、お行儀のよい、生気のないお年寄りにしてしまうのは、私自身が一番したくないことです。命にかかわることでなければ、そっと見守ろうと思いました。

自転車に乗って、街を探検したい

一方のまっちゃんは、珍しい食材を見つけては、「さすが都会だね～」と料理をつくったり、エッセイを書いたりして過ごしていました。母は、「これだ！」と思い込むと突き進む人。うつ病が治った時も、私にこう言ってのけました。

「あなたから毎日もらう葉書も面白いけれど、私だってもっと面白いものを書けると思ったのよ」

まっちゃんがすごいのは、迷わず実行に移すところ。今まで小説など書いたことがないのに、自らの生い立ちをつづり、なんと出版社が本を出してくれたのです。以来、書くことは楽しみの一つになりました。「お父さんのすることって、おかしいの。いい題材だわ」と言いながら、西宮での暮らしをエッセイにしています。

「スポーツジムに行きたい。タダのところを探してくれんか？」

み「ジムって、その年では無理でしょ。タダのところは、ないよ」

家の中に閉じ込められているたかかずさんは、次々考えます。

「自転車を買いたいんじゃ。西宮の街を走り回って探検したいんじゃ」

み「田舎とは違うんだよ、車がいっぱい走っているんだから事故を起こすよ。自転車は、絶対ダメ！」

こと自転車は命にかかわること。私のきっぱりとした態度に、「自転車を買いたい、乗りたい」とは面と向かって言わなくなったものの、無言のレジスタンス（抵抗）が始まりました。スーパーへ出かけた帰り道、いっしょに歩いていた父の姿が

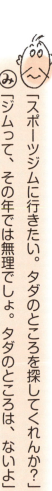

ありません。「あれ⁉」と後ろを振り返ると、サイクルショップの前で立ち止まり、店のお兄さんと話し込んでいます。

み「お父さん、何しているの」

「……」

み「自転車は事故を起こすから、絶対ダメだからね」

た「……」

み「お父さん、帰ろう！」

た「後ろが二輪になっている自転車なら転ばんだろう……」

み「お父さん！　もう帰るよ！」

自転車を友としてきた人ですから、欲しがる気持ちはよくわかります。それだけに困ったのは、「まだまだ、大丈夫！」と自身の体力と運動能力を過信していることでした。どれだけ衰えているかは、自転車に乗せてみれば、転んで、すぐわかる

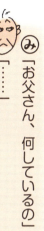

ことですが、大きな危険が伴います。大腿骨を骨折などすれば、長い寝たきり生活が待っているのです。やはり「お試し」はできませんでした。

引っ越しが年の瀬に近かったこともあり、デイサービス（通所介護、デイに略）などの利用は春先を考えていました。その間、二人にはテレビを楽しんでもらおうと思ったのですが、これが大いに当てが外れました。

「関西のテレビは、ちっとも面白くないのぅ。
どこが面白いんかさっぱりわからん」

㋯「天下のお笑いの中心地、関西だよ。
おかしくないっていう方が変なんよ」

㋟「ありゃ、わぁわぁしゃべって、うるさいばっかりじゃ」

㋮「おしゃべりが早くて、何をしゃべっているか、わからないわよ」

㋟「そうじゃ、そうじゃ、何が面白いんだかわからん！」

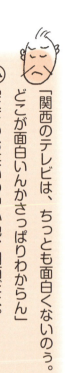

テレビは、楽しくないことがわかりました。そこで、慣れ親しんだものならどうかと、NHKの大河ドラマを見てもらうことにしました。これは大丈夫でした。退屈しないよう毎週、DVDを借りて届けました。笑いは免疫細胞を活性化させるといいますから、とにかく笑わせようと、チャップリンの作品や戦争のドタバタ喜劇も持ち帰りました。二人が並んで笑っていると、ほっとしました。

両親によかれと思っていたことが、その逆だったことも山ほどありました。たとえば、朝の訪問です。毎朝6時、血圧や体温を測りながら様子を見に行っていたのですが……。ある日、まっちゃんが眠い目をこすりながら言いました。

「本当はまだ寝ていたいんだけど、『そろそろ、みどりが来るから起きろ！』とお父さんが言うでしょう。無理やり早起きしているのよ」

毎朝、せっせと通う娘の姿に、「もっと遅く来て」とは言いにくかったようです。お年寄りは「眠りが浅くて早起きだ」とは、必ずしも当てはまりません。二人は毎晩、夜の8時には床に入り、朝は7時に起きます。途中、トイレで目が覚めることもあるようですが、11時間ぐっすり眠ることもあるというからびっくりです。「一

英語、わかるん？

：さっき、英語のニュース見てたでしょ。英語、わかるん？もしかして……。

：わからんけど、我慢して見てたのよ。

：我慢……って。どこでも押したらいいのよ。

：いいの、いいの。もう、何語をしゃべっていても同じだわよ。（すでに、バックミュージックである）

：そうですか、関西弁もわからん言葉やもんねぇ。

：まあ、そうだわね。

度目が覚めると、寝つけなくて……」と多くのお年寄りが抱える悩みとは、無縁。だから、この年まで仲良く長生きをしたんでしょう。

食生活も「お年寄りの常識」を大いに裏切り、新しい発見続きでした。たかずさんの朝食は、青汁入りの牛乳と季節のフルーツ、そして海苔を巻いた焼き餅1個です。毎朝、自分でお餅を電気プレートで焼いて食べるのです。これを30年、90歳になっても続けています。

お餅は、ときにお年寄りを死に至らしめる食べ物。「のどに詰まらせたら」と心配しても止めません。大好きだからです。

一方のまっちゃんは、独自の食べ方があります。なんと、お茶碗に盛った白米の上に、焼き魚にほうれん草のおひたし、五目豆など、その日のおかずをのせて食べるのです。肉じゃがとお刺身がのることもあります。何度注意しても、「これが美味しいのよ」の一点張り。二人ともゴーイング・マイウェイです。

可愛いかのこ　愛しいかのこ

二人が西宮にやって来て何より私が驚いたのは、たくましさです。都会の生活に押し潰されると思いきや、どこにあっても己の道を突き進む。人の評価など、どこ吹く風です。その二人が、戸惑うことが一つだけありました。

それは、あれほど会いたがっていた孫のことでした。かのこは、のどを気管切開し、呼吸器を使いながら生活をしています。食事も「胃ろう」にしています（胃に人工的な穴をつくり、チューブを通して胃に直接栄養剤を流し込む）。その姿を目の当たりにした父は、ため息を漏らし、こう言いました。

㋟「かのこちゃん、美味しいものも食べられんし、楽しいこともできん。こんな、何にもできんで寝ているしかないんだったら、早く死にたいやろうのぅ。可哀想になぁ」

ⓜ「そんなことないよねぇ。楽しいこといっぱいあるよねぇ、かのこ」

ⓚ〝うん。楽しいこといっぱいある！〟

娘は、声を発することはできません。しかし、長いリハビリ訓練をへて、手を開いたり握ったりすることで、「はい」「いいえ」の意思表示ができるようになっていました。言葉はもちろん、私たちが話している内容も、ほぼわかっているのです。

大正生まれの父にしてみれば、娘と孫への深い愛情から発した言葉なのでしょうが、折に触れ、聞かされるかのこは、傷つきます。どうしたものかと思っていたのですが、案ずることはありませんでした。

いっしょに暮らすことは、学びの場でした。リハビリ訓練でクッキーやケーキを焼くと、かのこは「おじいちゃんにあげる」と持ち帰り、「どうぞ！」と手渡すのです。そうした日々の交流の中で、娘が買い物に行くと言えば、たかかずさんは、

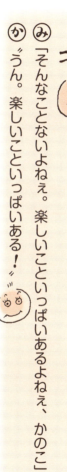

目を細めて軍資金を渡します。娘も帰って来て真っ先に「おじいちゃん、お土産」とドーナッツやお菓子を差し出します。

たかかずさんの胸の中にあった「障がいのある可哀想な孫」は、「可愛いかのこ」「愛しいかのこ」に変わっていきました。いつのまにか、ごく普通の「おじいちゃんと孫」になったのです。熱が出れば「具合はどうだ？　少しは良くなったか？」「入院はせんでいいのか？」と気が気ではありません。

また、かのこの手がベッドからはみ出し、ぶら下がってしまうのを見た父は、知恵を絞り、使い勝手のいい「手置き台」を作ってくれました。世界で一つの手置き台は、今でもかのこの宝物です。これも、拾ってきた板と角材で作りました。

Ⓣた「どうだ、良かろう？」
Ⓚか〝うん！　おじいちゃんって、天才だね〟

二人を見ていると、そんな会話が聞こえてくるようです。

とんびの歌のこと

おばあちゃんは、園に出発
する私に歌をうたってくれるようになったの…。

：今日も楽しく行ってらっしゃい！ かのこちゃんだけじゃなくて、園の皆さんにも歌ってあげたいわ

：えっー!!!! 皆に歌うって！
そ、それはいらないと思うんですよね。
頭がキィ～ンとなるんですよ。

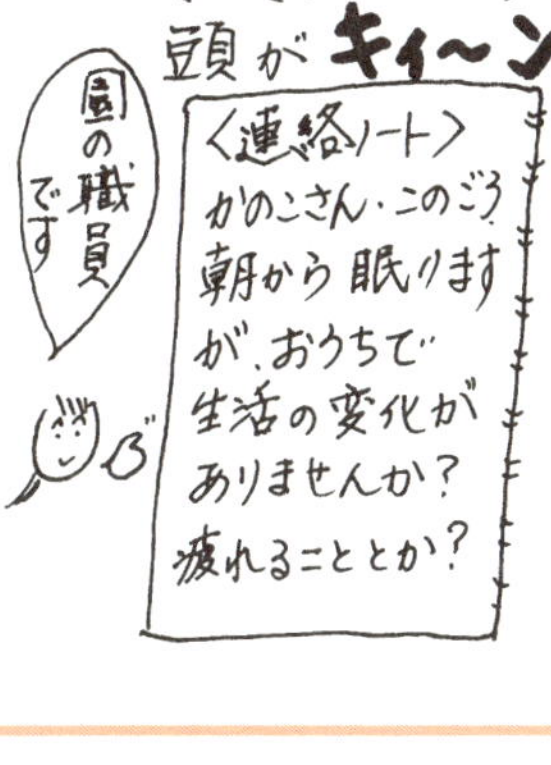

：ありゃ、それじゃあ
おばあちゃんに静かな
曲に替えてもらうか、
やめてもらうしかないね。
お気持ちだけ、ありがとう
って、かのこ言える？

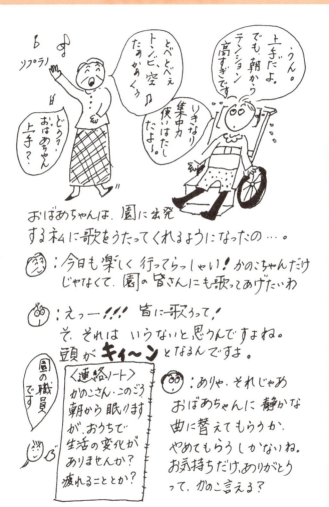

まっちゃんも、娘のためにうたってくれます。童謡の『とんび』です。

とーべ　とーべぇ　とんび　空たぁーかぁーくー
なーけ　なーけぇ　とんび　青空にー
ピンヨロー　ピンヨロー

目まぐるしく師走に突入しました。大分のお正月は、「お年取りの夜」といって大晦日（12月31日）の夜に一日早く「おせち」を食べます。その習いに従って、私は料理を持って両親の家で「お年取りの夜」を短時間過ごしました。

家長であるたかかずさんの「新年の訓示」を聞きながら、私は二人が無事、西宮の生活をスタートできたことに感謝しました。そして新しい年も、二人が健やかに暮らせることを願いました。

第3章

介護は一人でがんばらない

わずか3カ月で、「トリプル介護」に

両親を西宮に迎えて約3カ月、思いもしない事件が起こりました。かのこのリハビリから12時過ぎに帰ると、団地のゴミ集積場に父がいました。「ただいま」と声をかけると、手招きをして言うのです。

(た)たかかず「お母さんが、風呂に入ったまま出てこないんじゃ」

(み)みどり「何時から入っているの？」

(た)たかかず「10時過ぎからじゃ」

(み)みどり「えっー！　2時間も？　どうして出てこないの？　意識がないの？」

(た)たかかず「話はできるが、もう少し入っていたいと言うんだ」

いくらお風呂が好きでも、2時間も入っていることは、ありえません。お風呂場をのぞき、「どうしたの?」と聞くと、「足が踏ん張れなくて、湯船から出られないの」と言います。母の両腕をつかむと全力で引っ張り出しました。

まっちゃんは、「ちょっと休憩すれば大丈夫」と言いますが、「足が思うように動かないの」とも言います。ホームドクターに電話し状態を伝えると、「脳梗塞かもしれない。大きな病院に連れて行った方がいい」と言うではないですか。

脳梗塞ならば、治療は時間との闘いです。すでに2時間がたっているわけで、すぐに119番に連絡しました。「救急車は嫌だわ。タクシーにして！ しばらくしたら治るから」と言い張るまっちゃんに、「なに言ってんの！ そんなこと言っている場合じゃないよ！」と叫びました。かのこを人工呼吸器につなぎ、なんとか持ちこたえてほしいと祈りながら、やって来た救急車に飛び乗りました。

病院に着くと、まっちゃんは検査室に直行。結果は、明らかな脳梗塞と判明。す

でに左半身に麻痺が始まっていて、医師から即刻入院を告げられました。

(医)「すぐに血栓を溶かす薬を点滴しますが、明日の朝、麻痺が進んでいる場合もあるので……」

(み)「そんなこともあるんですか？　点滴しても悪くなるんですか？」

(医)「朝、起きたら、口がきけなくなっていることもあります」

(み)「はぁ〜。先生、とりあえず私、家に帰らせてほしいのです」

「……」

(み)「実は、人工呼吸器をつけた娘を家に残してきたんです」

(医)「え〜、なんで？　どうして、娘さん、そんなことになったの？」

まっちゃんのことも心配ですが、今は安全な病院にいます。そうなると、かのこが気がかりでした。医師も、娘が放置できないことを知ると、「よっしゃ、こちらのことは任せて、早う戻り」と、私を帰してくれました。

タクシーを飛ばし、走り、家の鍵を開けると、娘は生きていました。これからが大変だというのに、とりあえず、ほっとする瞬間です。こうして、たかかずさん、入院中のまっちゃん、かのこの世話と、恐れていた「トリプル介護」が、わずか3カ月で始まったのでした。

「だから無理だって、言ったでしょ」という友だちの言葉が、繰り返し頭の中で響きました。夕方、夫に娘を託し、入院に必要な品々をまとめると、再び病院に向かいました。

娘の介護で「百戦錬磨」を自負してきた私も、三人を同時に介護するのは初めて。普通ならば、うろたえるところなのでしょうが、かのこと「生死」を越えてきた日々が大いに役立ちました。

いや、いや、負けないぞ！　ここで弱気になったら、心は、どんどん弱っていく！　まずは目の前の一つひとつを解決していくことだけを考えよう。そうすれば、時間はかかっても必ず出口はあるのだから。何度も、何度も自分にそう言い聞かせていくと、落ち着いていきます。

心配されたまっちゃんの回復ぶりは、驚くべきものでした。

2日目

脳梗塞の進行はなく、ほっとしました。薬のせいか、一日中ウトウトしていましたが、話もでき、両手も動きました。ただ、左足は入院時より悪くなり、思うように動かすことができません。

3日目

意識はしっかりしていて、動かない左足を自分の両手で持ち上げ、「ほら、動くよ！」と言って見せました。

4日目

歩行訓練がスタート。左足を引っ張り上げるようにして一歩ずつ進みます。5メートル先のトイレに行くだけで、息は上がるわ、大汗をかくわで、ベッドに倒れ込みました。

5日目

昨日と打って変わって、すり足で歩けるようになりました。手の麻痺もなく、両手を高く上げ、見事な万歳をしてみせました。

こうなってくると、まっちゃんは、時間を持て余し気味です。「病院にいたらボケる〜」と訴えるので、『サザエさん』のマンガや、さくらももこさんのエッセイを持参しました。すると、無心に読んでは、一人でケラケラ笑っていました。リハビリの成果にほっとしたものの、新たな不安が生まれます。

頭は、大丈夫やろうか？　そこで難しい本を手渡すと、「この文章、なかなかうまく書いてあるねぇ」と批評しています。頭の方も無事で何よりでした。

血栓を溶かす薬の点滴も7日で終了。10日目には、ゆっくりですが自力で歩けるようになりました。「すごい回復力だね、退院はいつでもいいよ」と、医師からもお墨付きをもらいました。

まっちゃんが入院中、たかかずさんは、毎日、私と仲良く腕を組んでお見舞いに行きました。腕を組むのは、歩行が乱れ、転びそうになるのを防ぐためでしたが、幼い頃から父とスキンシップをとることに遠慮があり、苦手だった私にとって、そして照れ屋のたかかずさんにとって、想像もしなかった幸せなやさしい時間でした。母の入院がなければ、二人が体を寄せ合って歩くことはなかったでしょう。

今回の入院で、たかかずさんにとって、まっちゃんがいかに大きな存在かを再認識しました。家で一人ぼっちの父は、電池が切れたオモチャのようでした。お宝探しも、工作作業もパタリと止みました。「まぁ！　お父さん、さすが！」と手を叩いてくれる母がそばにいないと、何もやる気が起きないらしく、わがままも鳴りを潜め、普通でいい人になりました。が、面白味もなくなりました。

ヘルパーさんを頼んだけれど……

母は13日目に退院しました。帰宅してすぐに始めなければならなかったのが、リハビリです。脳梗塞による麻痺の改善には、リハビリが欠かせません。ところが、私が母を病院に連れ出すのは、難しかったのです。

　そこで利用したのが「訪問リハビリ」というサービスです。娘がお世話になっている看護師さんから、リハビリも訪問でお願いできることを聞いていたので、理学療法士と作業療法士にそれぞれ週1回来ていただくようお願いしました。

　また、ケアマネジャー（介護支援専門員、ケアマネに略）にも来ていただき、介護保険を利用することにしました。リハビリ以外に、今のまっちゃんにどのようなサポートが必要かを話し合い、ケアプラン（介護計画）を作っていただきました。

　あわせてリースで歩行器も借りました。こちらは、母の障がいの程度、背の高さなどを考慮し、理学療法士に見立ててもらったものです。「これなら、転ぶ心配をしなくていいわ、安心して歩けるわ」と、歩行訓練にも精が出ました。

　そのおかげで、脳梗塞とは関係のない〝くの字〟に曲がっていた腰まで伸びてきました。スタイルが良くなり、内臓の圧迫もなくなって、まっちゃんは「かえって

よかったわ」と喜んでいます。脳梗塞にならなければ、リハビリを受けることもなかったでしょう。人生の逆転ホームランです。

さらに「兵庫に来たのだから、私、都会のおばあちゃんになりたい」と言って、何十年振りにヘアースタイルをチェンジしました。パーマでふわふわもこもこの髪を短く切り、刈り上げスタイルに大変身です。

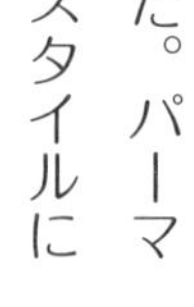
（前）

（横）

多くの方々に支えられ、病という一つの山を越えてみれば、そこには新しい景色が開けていました。人生は、何があるかわからない。諦める必要はないですね。

ホームヘルパー（訪問介護員、ヘルパーに略）に入ってもらいました。脳梗塞になって特に困ったのは、母が今までのように家事ができなくなったことでした。食事の準備、掃除、洗濯まで私が全部しましたが、2軒分の家事は、時間がいくらあっても足りません。私の体も持ちません。

これは、娘の介護で私自身が何度も実感してきたことですが、「全力投球の介護」

は、決していいことではありません。むしろ、危険です。

介護は、ゴールの見えないマラソンといってもいいでしょう。長い介護生活の中では、緊急の入院や通院など、さまざまな出来事に見舞われます。毎日、毎日、全力投球をしていたら、「本当に大変な時」に体力も、心のゆとりもなくなってしまいます。

介護者は、途中で倒れるわけにはいきません。

介護生活で大切なことは、上手に余力を残しておくこと。長いレースを走り抜くコツは、普段の介護で「いかに手抜きをするか」「簡便にするか」「楽をするか」です。

両親の介護でも、食事は私が担当することにして、ヘルパーさんには、トイレを中心に水まわりのお掃除をお願いすることにしました。

「トイレは、汚れているところだから、申し訳ないような……」

み「できないから頼むんだから、大変なところをお願いしていいのよ」

ま「そうは言うけどね……」

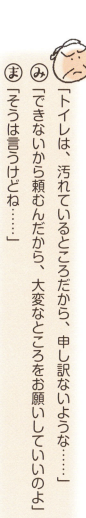

(み)「感謝の気持ちは大事だよ。だけど、トイレの掃除をしてもらうからって、お母さんが謝ったり、悪いなって思うことはないんだよ」

「うん、わかった……」

そうは納得したのですが……。もともと「申し訳ない」と思っているだけに、ヘルパーさんの漏らしたひと言が、心に突き刺さります。

(ま)「汚いねぇって言うのよ。そんなこと言われて傷ついたわ」

(み)「できないから、あなたに来ていただいているの、と言えばいいんよ。
それが、ヘルパーさんのお仕事なんだから、

お母さんが恐縮しなくていいの」

(ま)「あんたは、そう言うけど……」

(み)「お母さんが言えないなら、私が言ってあげるよ。訪問先によっては、おむつ交換だってヘルパーさんの仕事なんよ」

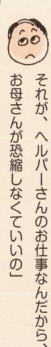

(ま)「そうだけど……」

(ま)「申し訳ないという意識を変えていこう。それに、もしもだよ、お母さんがヘルパーさんとどうしても相性が合わなかったら、代えてもらっていいんだよ」

(ま)「そんな、本人に辞めてなんて、とても言えないわ」

(み)「本人に言わなくていいの。ケアマネさんに話して代えてもらえばいいんだから」

かくいう私も、娘が幼いときには「一人で何とかしなければ」「そんなお願いできない、すべてやらなくては」と思っていました。でも、多くの方々に支えられて「していただけることは、やっていただこう。助けていただくことで、私たちの生活も広がっていくんだ」と学んだのです。

自分一人でできることは、限界があります。「仲間」「チーム」と呼べる人たちがいれば、共に悩み、考え、歩んでいけます。大変な現実だって、みなの知恵で変え

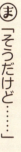

ていけます。そして、絆が生まれます。その絆は、共通の笑いを生みます。一人よりも絶対に楽しいことを知るのです。

ヘルパーに援助してもらうことについても、私は「好き・嫌い」ではなく、「生活の質」を上げていくために使うべきだと思います。だから母にも、はっきり伝えたのですが、かなり戸惑ったようです。ヘルパーを頼むことは、まっちゃん自身の「意識」を変えなくてはならない問題でした。

たかかずさんにも、買い物に付き添ってくれるヘルパーをお願いしました。「足が思うところに動かない」と言いはじめた父は、コープ（生協）まで歩いて5分の距離も30分以上かかるようになっていましたので、週1回リースした車椅子でヘルパーさんに買い物に連れ添ってもらうようにしました。これなら、契約時間内（90分）で帰ってこられます。

たかかずさんにとって買い物は、まっちゃんに貢献できる、かつ感謝される大事な仕事でした。「わしが買い物に行っているから、生活が成り立っておるんじゃ」と、思っているからです。大量に買った品物をヨロヨロしながら持ち帰るのは、大

これで生活が一変！

たかかずさんが：足が思ったところに動かんと言いはじめた。（つまり、動きをコントロールできなくて、よろめいたり、転ぶということです）
まっちゃんが使っている歩行器をたのもうとすると、

：それは、いやじゃ。いかにも年寄りくさい！

文句は言うが、とりあえず持ってきてもらった。

いやがるどころかひと目で気に入りました。
たかかずさんの長身に合わせて1m 80cmの高さ対応にしてもらいました。

サポート器具で心は解き放たれます。

：お父さん、よかったネ。
これで1人で買い物に行けるね。

変だったのでしょう。ヘルパーさんがやって来る金曜日を心待ちするようになりました。
私が買い物について行くと、「それはもう買ったよ」「そんな物はいらない」と、つい意見してしまいますが、ヘルパーさんは、文句を言いません。しかも、孫のように若くて優しい女性ときています。「たかかずさん！」「お父さん」と呼ばれて、目立って笑顔が多くなりました。買い物に行くために身支度を整えるようになりました。

㋟「白の靴を買ってきてくれ」
㋯「全部真っ白のが、いいの？」
㋟「そうじゃ。真っ白の靴じゃ」
㋯「いつ履くの？」
㋟「ヘルパーの女の子と買い物に出かけるときじゃ。白でシャツもズボンも揃えたのに、白い靴がないんじゃ！」

普段着でいいだろうと思うのですが、それでは気が収まりません。春は背広で、夏になると白のポロシャツでと、しっかり身だしなみを考えるのです。「女性の前では紳士でありたい」と思うのは、若い頃からのたかかずさんのポリシーでした。全身を一色でコーディネートするのは、西宮に来て、ある日突然始まったことでした。この時は、「白」で統一したがりました。急いで靴屋に走ると、白のスニーカーが大安売りしていてラッキーでした。持ち帰ると、「おぅ、これだ、これだ！お前は役に立つ」と褒めていただきました。

初めて利用した介護サービスでしたが、心強かったのは、豊富な経験を積んだケアマネジャーの存在です。こちらの不安や問題点を話すと、「それなら、こうしましょう」と、貴重なアドバイスをたくさんくださいました。

初めて親の介護をする人たちの中には、一人で問題を抱えている人も少なくありません。また、ヘルパーの利用を考えていても、両親に「必要ない」「他人に気をつかって疲れる」などと言われ、悩んでいる方もいるでしょう。

そんなときこそ、介護保険を利用されている人の話や、ケアマネジャーに相談することをお勧めします。介護保険を通して、つながる人が増えていけば、今の「できないことがあって、苦しい日々」だって、「ちょっと笑える、楽しい日々」に変えることができます。

電動車がやってきた

両親をサポートするチームが生まれてから、二人に笑顔が増えました。そんな日常が定着しはじめると、沈静化していた「自転車欲しい病」が復活しました。「歩行だっておぼつかないし、この辺は交通量も多いんだよ。地理もわからない街を自転車で走るのは、お父さん、絶対無理だから！」

何度突っぱねても、たかかずさんも諦めません。サイクルショップの前に来ると、車椅子を止めさせ、店のお兄さんに、いろいろ質問し説明させるのです。そのたびに私は、車椅子の後ろからお兄さんに「買いませんから」と手で合図します。

「お前はダメだと言うが、三輪自転車ならよかろう」
ここまで欲しいとなると、私の留守中に勝手に自転車を注文しかねません。何とか諦めさせようと、一番言うことを聞きそうな人を選びました。毎月通うホームドクターです。

(ド)「お元気そうですね、それじゃぁ、診ましょうか」

(た)「先生、この頃は足が思うように動きません。もうダメですわ」

「そうですか。でも歩かないともっと動かなくなるから、家の中では歩いてくださいね」

(た)「それでですなぁ、歩くのが大変なので、わしは自転車に乗りたいんですが、どうでしょうか?」

(ド)「自転車ですか、自転車はねぇ、難しいねぇ。転んだら骨折します。大変ですよ。寝たきりになります。ダメですよ」

(た)「そうですか……、ダメですか。残念じゃなぁ……」

言下に否定されても、たかかずさんは反論しませんでした。昔から納得すれば、ぐずぐず言わない人でした。これで一件落着です。その代わり、どうしても欲しいという電動車をリースしました。電動車は、二人とも大分で乗っていたので、大丈夫だろうと思いました。

待ち焦がれた電動車が届きました。慣れた手つきで充電をし、乗る気満々です。「お前も貸してあげるからこれに乗って、かのこの園まで行ったらいいぞ」と私にも勧めます。ところが、団地の中は、田舎の広い道を自由気ままに走るのとは、あまりにも勝手が違いました。小さな溝にタイヤがはまる、段差につまずいては、立ち往生。「西宮を走り回る」前にトラブル続出です。

さらに、電動車がのろのろエレベーターに乗り込もうとすると、ドアがガーンと閉まるのです。延長スイッチも押せず、エレベーターのドアに挟まり、ぶつかり、手足は流血。生傷が絶えません。うまく1階に降りることができても、操作が緩慢なたかかずさんは、走り出してくる子どもたちを上手に避けることができません。

電動車に乗るまっちゃん

たかかずさんは、電動車の操作が思いのほかうまくいかなかったので……

：今度は、おまえが乗ってみろ！とまっちゃんに命じました。

オートバイにも乗ってたしお父さんより上手よ

大分で乗っていたからできるわよ

：あ～っ！
そこ右に曲がって、右、右だって！
お母さん、もしかして、右がどっちかわからんの？
右はお箸を持つ方やよ。

：もっとスピードを出してみろ！曲がって止めてみろ！
全然できんじゃないか。
（自分のことは棚に上げ命じるのは上手な男である）

どっちかわからん時もあるよ急がせないでよいつもはできるのよ横でいろいろ言わないでよ～

そんな難しいことできんわ～わあわあ言われると血圧が上がるよ～

：右も左もわからん者が乗ったらいかんよなあ。それって基本やろ。

誤って子どもたちをひきかねません。

夢に描いた電動車は思い通りにならず、たかかずさんは、苛立ち、「エレベーターが悪い！」「子どもが悪い！」と不機嫌の種になりました。電動車がやってきて1カ月、たかかずさんは手足に青あざ、赤あざ、切り傷をそこらじゅうにつくり、私は治療の仕事が増えました。

いつか機会を見て、電動車も諦めさせなくてはいかんと思う毎日でした。3カ月たって、私たちは何年か前に比べ、電動車を見かけなくなったことに気づきました。つまり、ちゃんと運転できない→事故が多い→街から電動車が消えたのでしょう。たかかずさんも、この事実に同意し、思いのほかすんなりと電動車を手放しました。

不出来なコンシェルジュ

母の緊急入院などめまぐるしい日々でした。その日、私は、急ぎの用事があり、大河ドラマのDVDを借りると大急ぎで自転車で家に向かって走っていました。5

メートルほどの短い横断歩道を青信号で渡りはじめた時、左折してきた4トントラックが、目の前にガガーッと近づいてきました。

1秒目——あぁ、人間ってこうやって死ぬんだなぁ

2秒目——私の人生、いつも150パーセント頑張ってきたから、

心残りはないわ

3秒目——ちょっと待って、寝たきりのかのこは、どうなるの？

長い、長い3秒のあと、私は顔から歩道の縁石の上に落ちました。自転車は、トラックの前輪に巻き込まれ、くちゃくちゃになっていました。腰をしたたか打ち、左の頬骨のまわりが見る間に腫れ上がってきましたが、自分の足で歩いて救急車に乗りました。生まれて初めての交通事故でした。

手も足も折れなかったこと、顔から落ちて頭を打たずに済んだことは、奇跡でした。もし横断歩道の真ん中まで行っていたら、自転車もろともペチャンコになっていたでしょう。何秒かの幸運に心から感謝しました。

病院を出て、しみじみと生きていてよかったと思いました。西宮に来たばかりの

両親を路頭に迷わせるところでした。それから何一つ変わりなく、いつも通り夕食をつくって届けました。

交通事故は、私に両親との関係を考えるきっかけになりました。両親を西宮に迎えて半年、私は、二人のために「できることは200パーセントしよう」と走ってきました。娘と歩んできた日々は、「してあげたくても、できないこと」が山のようにありましたから、そう決めていたのです。できないことへの無意識のリベンジだったのかもしれません。それだけ、やってあげられる喜びが、大きかったのです。

「白い靴が欲しい」と言えば、靴屋へ走りました。「テレビは面白くない」と言われれば、3日おきに面白そうなDVDを届けました。私が、お客様の要求に応えるホテルのコンシェルジュのように何でもやってあげるので、二人の要求は、どんどんエスカレートしていきました。

「朝の体操テープを買って来てくれ」

「大分で何年か前に買ったポロシャツがよかった。同じものが欲しい」

〝そんなもん、どこで売っているの？〟と思うのですが、喜んでほしくて探し回ってしまう私も問題だったのです。二人の要求のすべてを満足させることなど、絶対できません。でも、お年寄りの介護・初心者の私は、そのことをまったくわかっていなかったのです。際限のない要求に応えたいと走り続けた結果、不出来なコンシェルジュは、くたくたでした。

「この前、頼まれたものだけど、もうちょっと待っててね」

ま「思い出した時で、いいよ」

両親は、そう言いますが、決して本音ではありません。私が、やっとの思いで手に入れた商品を渡すと、

「おや、忘れていると思ったら、覚えていてくれたんだねぇ～」

み「私が一度でも忘れていたことがあったの!?」

いつしかお互いにストレスが溜まっていきました。事故はそんな矢先に起きたのです。九死に一生を得て、私は考えを改めることにしました。

●次々と繰り出される要求を満たすために、意地になってまっとうする必要はない！
●命がなければ、何もできないのだから、遅くなってもやった自分に百点満点をあげよう！
●言われたことは、絶対に忘れない。でも、できる時にやってあげればいい！

そう決めると、心が楽になりました。自分では気づきませんでしたが、良い人になろうとし過ぎていたのです。

さて、交通事故に遭ったことは、二人に1カ月後に打ち明けました。さすがに、二人のためにDVDを借りに行った帰り道であったことは、言えませんでした。そもそも事故は、急いでいた私のせいであって、二人に「自分たちのせいで」とは、絶対に思わせたくなかったからです。事故報告に時間がかかったのも、頼る者もない地で私を失う恐怖を感じさせたくなかったからでした。

この一件で私も少し賢くなりました。せっけんやシャンプーなどの日用品、いつも飲んでいるお茶の葉などは、たくさん買って我が家でストックするようにしました。こうすれば、すぐ対応できます。日用品は、「2分で届ける魔法使い」になりました。

また大きな依頼品は、ネットショッピングを利用しました。私が、あてどなく買い物に出かけるよりも、時間も労力も少なく済みます。これまで娘の医療用品をそうして入手してきたのに、頭が働きませんでした。

それからは、さまざまな依頼品も「わかった。明日まで待って。値段はいくらまで出せる?」と、気持ちよく言えるようになりました。「今度は何が欲しいと言い出すの?」と、眉間にしわを寄せ構えることも、なくなりました。

便利なネットショッピングですが、パソコンなどを使える環境にない方は、使える方に頼めばいいでしょう。かつて、かのこの訪問教育を担当された先生から「介護で家から出られない、お母さんのような人のためにパソコンはあるんですよ！」と言われたことがあります。その言葉に「本当に、そうです！　そうです！」と、いまさらながら頷くのでした。

第4章

デイ・デビュー

デイに行きたくない父との攻防

懸命なリハビリによって、母は杖があればゆっくりですが歩けるようになりました。脳梗塞で入院してから、三度の食事は私が用意していましたが、まっちゃんのリハビリも兼ねて半年後、食事の役割分担をすることにしました。

朝食　パンなど簡単なものを自分たちで用意する
昼食　前日に残ったおかずを温めるなど工夫して食べる
夕食　私がつくって届ける

おかずを器に盛る、食べ残ったおかずをタッパーに入れて冷蔵庫に片付けることも、まっちゃんの仕事にしました。味噌汁の濃さ、食べられるもの、食べにくいものは毎日伝達してもらいました。

ちなみに二人は、午後4時から夕食を取るので、3時から準備に取り掛かります。

その時間帯に用事があるときは、早朝から夕食づくりです。おかずは、9品目（肉・魚・海草・貝・豆・卵・油・野菜・牛乳）が摂れるように考えます。お腹の調子を整える発酵食品や常備菜も必ず用意しました。大変と言えば大変でしたが、ほぼ同じものを我が家でも食べるので、さして負担にはなりません。夕食の準備が早くなり、夜がゆっくりできる主婦になりました。

休みの日の昼食は、たかかずさんの大好きなうどんを追加することも多くなりました。二人の好物もだんだん、わかってきました。

「こっちに来てよかったと、お父さんと言っているのよ」

「便利だからなぁ。大きな病院もあるからなぁ」

二人から西宮での暮らしに満足しているという、うれしい言葉を聞いたところで、

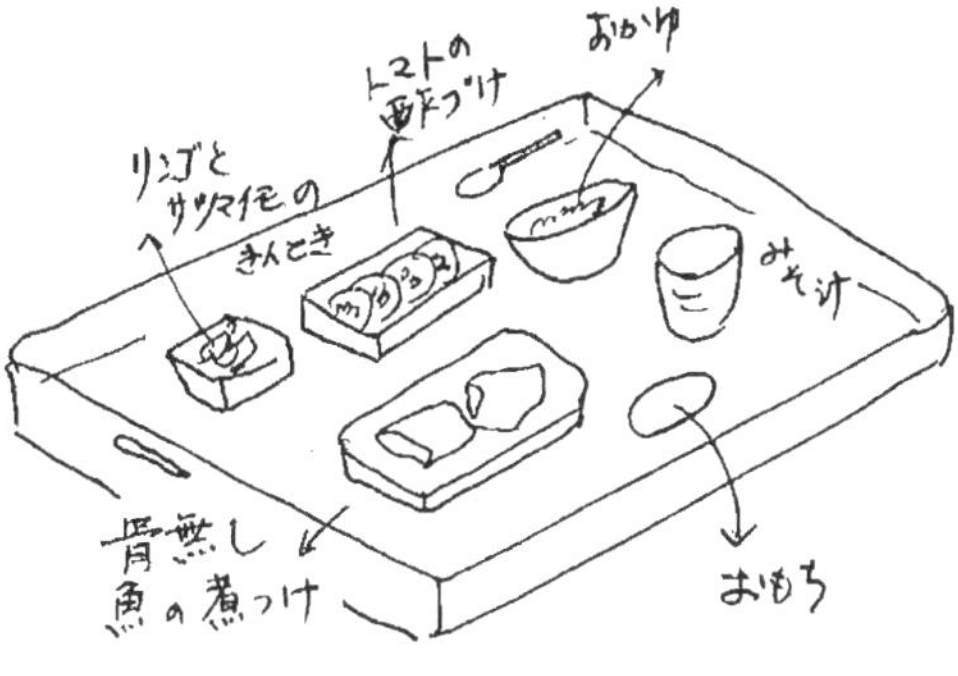

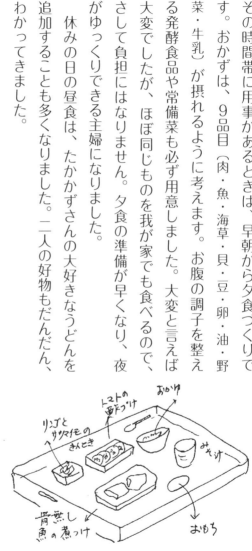

今がチャンスと切り出しました。

みどり「お母さんも体調が落ち着いてきたから、そろそろ二人で、デイに行くようにしようか？」

たかかず「いや、別にいいよ。家におるから」

みどり「行ってみたら、いいかもしれんよ。大分でもデイには行っていたでしょう」

たかかず「大分はよかったぞ。デイに大きな風呂があったんじゃ。あんな風呂があるならデイに行ってもいいが、ここにはなかろう」

まっちゃん「関西は言葉がわからんからね～、行ってもね」

みどり「家に閉じこもっていても、いいことは何一つないよ。足も弱るし、人と付き合わないと頭を使わんよ。とりあえず、お試しで行ってみようよ、ね」

たま「……」

「嫌」と言わないのは「半分は同意」と判断して、私はケアマネさんに連絡しました。デイサービスは、介助・介護を希望するお年寄りが、サービスを提供する事業所に通い、食事や入浴、リハビリなどが受けられるサービスです。内容は、事業所によって多少の違いがあります。多様なレクリエーションを用意する、お風呂に工夫を凝らす、リハビリに力を入れるなど特色があるようです。

事業所選びは、お年寄りの介護状況を配慮した上で、利用者と家族がケアマネさんと相談しながら、その人にあった場所を探します。その際、大いに参考になるのが、口コミです。「あそこのケーキ屋は美味しいよ」「角の電気屋さんは、配達もしてくれて便利だよ」というような、利用者発の情報が役立ちます。朝から夕方までを事業所で過ごす場合は、食事も選択の大きなポイントのようです。

今回は、身近にデイサービスを利用している人がいなかったので、ケアマネさんに私の都合を優先して探していただきました。私の一番の条件は、「自転車で5分の距離」です。二人に何かあっても、娘の安全を確保した上で、超特急で事業所に向かい、帰ってくることができます。あとは、本人たちが気に入るかどうかです。水曜日の午前10時から午後3時半まで、入浴、昼食付です。
西宮での「デイ・デビュー」の日、たかかずさんは、渋々行くには行ったのですが、帰宅するなり不満点を挙げてきました。

「驚くほど食事がまずい。みんなで歌などうたいたくない。トレーニングの器械はあるが、指導者がいないから使い方がわからん。行く意味がない。やめる！」

「認知症の人がほとんどで、みな車椅子に座っているだけで話もできないのよ。ほかのところがいいとお父さんとも話してたのよ」

昔から無駄なことが大嫌いなたかかずさんが、「意味がない」と言い出したら、説得不能です。加えて、母の言うことも理解できます。5時間半をデイで過ごす二人の気持ちを考え、1カ月ほどして次の事業所を探しました。

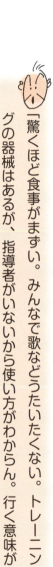

今度は「あそこの食事は美味しいらしいよ」「お友だちができたと、おばあちゃんが気に入っている」といった利用者さんの話も聞き、ケアマネさんの推薦のところから選びました。そこは、2階に市の図書館があります。

「お父さんの好きな本が、ただで読めるよ！　すごい得だね！」

このポイントは、かなり高いなと思いました。納得し通いはじめて1カ月。たった4回行ったところで、たかかずさんが文句を言いはじめました。

た「あのなぁ、今のところは、トレーニングの器械がないんじゃ。それで、前のところに戻りたい。あそこにはいろいろ器械があったからな」

み「えーっ！　前はトレーナーがいないから嫌だと言ったじゃないの」

た「……」

み「どうしても戻りたいなら言ってあげるけど、前のところに戻ったら、またよそに代わりたいとは言えないよ？　いいの？」

「……」

考えてみれば「行きたくない」たかかずさんは、どこだって嫌なのです。「いったい、どこに行くの？」と聞いたら「どこにも行かん！」と言いたかったはずです。私が次を探さないので、1カ月は我慢して出かけていましたが——。

「やっぱり今のところをやめたい。食事もまずい。2階の図書館に行くと言うと、職員がわしの後ろについて見張っている。いちいち付きまとわれてはかなわん」と言い出しました。

本人は「見張られている」と言いますが、事業所の方々は、たかかずさんが途中で転んだりしないよう見守ってくださっているのです。「行きたくない理由」は、さらに続きます。

た「それに、朝9時に迎えに来るのがかなわん」

み「なんで?」

た「デイに行く日は、朝4時から準備しないといけなくて、くたくたになる」

み「そんなに早くから、何を準備するの?」

た「……」

はっきり返事をしない様子をみると、言い訳の一つなのでしょう。今回は「嫌だ」「やめたい」と言っても、「意味がない!」発言は出ていません。何かしらの「意味」が見つかれば、いいわけです。少々強引であっても……。

み「どんなに嫌でも、この街に慣れていくためには、どこかで社会と接点をもたないとダメだと思うよ。もしもだよ、私が交通事故で突然死んでも、かかわったみなさんがお父さんを助けてくれるのよ。

誰ともつながっていなければ、悲惨だよ。かのこが週3回、園に

通っているのだって、私がいなくなったときのためなんだよ」
た「……」
み「それじゃぁ、お父さん、毎週が嫌なら、1カ月に1回にする？」
た「わかった。1カ月に1回にする」

回数を極端に減らすと言ったら、なぜか毎週休まずに行きはじめました。「行かなくてもいい」という言葉に安心したのか、あるいは、娘を引き合いに出して説明した内容に納得したのか、理由は不明です。

デイも通い続けたら、楽しい

やりたくないことをしないで済まそうと、さまざまな理由を持ち出すのは、子どものようでした。たかかずさんの不満をすべてなくすことなど、できないのであって、どこかで協調し折り合ってもらわなくてはいけません。

その協調ですが、山の中で黙々と農業をやってきた人には、難しいこともわかります。しかし、年を取って、できなくなることが増えていく中で、他者のサポートを受けるためには、協調していかなくてはならないのです。

たとえばお風呂。家で父を入浴させていると、途中で「フラフラする」と言います。入浴中、何かあっても私一人で父を支えることはできませんから、楽しみにしていたお風呂もシャワーで我慢してもらうことが多くなります。でもデイサービスなら、たくさんのサポートがあり、安心してお風呂を楽しむことができます。

年を重ねていけば、誰もがサポートが必要になります。その現実を見つめ、折り合いをつけ、協調していくには、強い精神力も必要でしょう。と同時に私は、柔軟な心を持つチャンスだとも思うのです。

高齢になっても、これまでと変わらない生活を送るためには、自らも変わらなければいけません。そして、変わる方が得なのです。私は来た道（デイに行かずに家にいる）を戻らず、外に出ていこう、前進しようと思いました。

それにしても、どうしたらデイ通いができるか。説得する方も、忍耐です。不満は、一応聞くけれども、全部の要求を受け入れてはいけないことも学びました。

散々、不満を漏らしたデイサービスも、通い続けるうちに職員さんたちとも打ち解け、楽しく過ごせるようになりました。みなで桜やバラを見に出かけたり、ゲームで優勝すると、「かのこにあげる」と賞品を持ち帰ります。

大嫌いな歌のグループにも、いつしかマイクを持って参加するようになりました。さらに誕生会は、みなが祝ってくれるからと、少々風邪気味でも勇んで出かけていきます。その時に撮った写真を見せてもらうと、満面の笑みのたかかずさんがいました。

その一方で、「病院に行くから」「来客があるから」と正当な理由でデイサービスを休めるとなると、前日からご機嫌でした。


たかかずさんの「デイ・ライフ」を通し、気づいたことがあります。それは、「嫌い、嫌いも好きのうち」という言葉でした。

長男が幼い頃、保育園に通わせていました。妹のリハビリなどで集団の施設に慣れていたためか、正嗣は保育園を嫌がりませんでしたが、「行かない、行かない！」と泣き叫んでいる子どもを毎朝見ました。

そんな子どもたちも、お帰りのときは、「帰らない、帰らない。まだ遊ぶ」と言ってまた泣くのです。「行かない」も「帰らない」も本当の気持ち。行ってみたらすごく楽しくて、帰りたくなくなるのです。

デイサービスも保育園も、「自由」「わがまま」が通せない集団生活ですが、そこには違う楽しみもあるのだと思います。だから、体調が悪いときは別ですが、デイに行くことが、たかかずさんとまっちゃんにとって、良くも悪くも「刺激」というプレゼントを受け取る大切な場所だと思いました。

家の中で好き勝手をしていれば楽ですが、どんどん社会から離れていってしまいます。特に我が家の「自由人」二人は、どこまでも自由に生きていこうとするでしょう。二人の自由に伴走する私の介護は、際限なく広がっていくことは目に見えていました。幼い頃、「我慢しなければいけないこともある」と教えられたことを、私は両親に言い返したい思いでした。

さて、まっちゃんは、大好きな歌をデイサービスで指導してもらえるので、大喜びです。二人が通う事業所では音楽療法士がいて、ピアノに合わせてみなで歌をうたいます。自分が昔から歌ってみたかった『アメイジング グレイス』や童謡の楽譜を持って行って、参加する人たちにも喜ばれたと、自画自賛しながらの待ち遠しい水曜日でした。

「都会は、やはり違うね。教える先生が素晴らしい！」と絶賛。デイから戻ると、「次はこれを歌いたいから、パソコンで楽譜を探して印刷してほしい」と懇願されます。こうして私は、まっちゃんの「いつでもいいからコピーして」の言葉に従う秘書になってしまいました。デイ通いで仕事が減ると思っていたのに、誤算でした。

不思議なもので、歌い続けていると肺活量が増え、さらに大きな声が出るようになりました。80歳を過ぎても、体は鍛錬に応えてくれるんですね。素晴らしいことです！

そんなまっちゃんの、肺活量が生かされる日が訪れます。スーパーに買い物に出かけた時のことです。のぼりエスカレーターの中程で、一人のおじいさんが前のめりに転んでしまいました。エスカレーターは四つんばいになったままのおじいさんを乗せ、上に向かって行きます。まわりの人たちは、ただ、わぁわぁ言っていた時、まっちゃんの声がスーパーに響き渡りました。

「だれか、助けてー!」

その大声に、あちこちから店員さんたちが走ってきて、おじいさんは事なきを得ました。

「今日は人助けができたいい日だったのぅ」

(ま)「そうよ、思いっきり叫んだら、あの声が出たのよ！」

(た)「たいしたもんじゃ！」

「へぇー、よかったねぇ。それで、『お名前、教えてください』とか言われなかったの？」

(ま)「名前なんか聞かれる前に静かに立ち去ったのよ」

(た)「ようやった！

毎回、上手にもならんのに歌い続けたおかげじゃのぅ」

上機嫌の二人の輝かしい横顔をながめながら、「人生に無駄はない」というけれど、その通りだと思いました。たかかずさんの「意味がない」は、その日「少し意味がある」に変わったかもしれません。

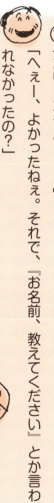

誕生日の記念写真

毎年5月25日 たかかずさんの
誕生日に2人は写真館に
出かけて記念撮影をします。
お父さん 今年は、ダンスしているポーズで撮りましょう ♡〃
2009
脳こうそくの後の
日々のリハビリで
まっちゃんの「くの字」
になっていた腰も
のびた感じです
オッ！ わしは、モーニングを着ようか？
2010
2011
：お〜！ よく撮れとる。
6枚 アルバムにしてもらって、
親せきに送ってやろう。
：えっ！ アルバムにまでして。
（高価なのに ……）
これをもらって親戚が嬉しいだろうか？
：そうしましょう。送りましょう！
こうやって 健康な1年であったことを 祝う2人です。
パートナーのことを 本当に愛しているのだと、今さら
気付く娘です。

第5章

老いの坂道

父と娘の「夏の陣」

二人の体調管理で困ったのは、梅雨時の湿気と夏の暑さでした。故郷の大分と違い、コンクリートで覆われた都会の夏は、ヒートアイランドです。さらに巨大団地では、みながいっせいにクーラーをかけるので、吹きつける風までもが熱いときています。高齢者が生きていく上でクーラーは絶対に欠かせません。

ところが、たかかずさんは、クーラーが大嫌い。高齢者のクーラー嫌いはよく耳にしますが、父の嫌い方は徹底していました。

緑に囲まれた故郷では、木々の間を吹き抜けた風が、家の中も冷やしてくれます。扇風機と団扇で事足りる暮らしをしてきた山の男は、体がクーラーの風を受けつけません。両親の家の室温は毎日30度を超しています。

「お父さん、クーラーちゃんとつけてよ。熱中症で死ぬこともあるんだよ！　スイッチ入れるからね」

ところが、私が自宅に戻るとクーラーは「OFF」状態に――。

みどり「あれ!?　またクーラーが消えているよ」

たかかず「いいんじゃ」

みどり「いいことないよ、じゃあ、せめて水分は十分に取ってね」

たかかず「のどは乾いておらん」

みどり「乾いたら、遅いんだよ。お母さんもしっかりお茶を飲んでね。また血管が詰まるよ！」

最初の夏は、「つけてよ！」とうるさい娘と、脳梗塞を発症したまっちゃんを気遣い、嫌々ながらもクーラーを使ってくれ、何とか乗り切ることができました。以

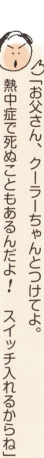

後、蒸し暑い6月がやってくると、クーラーを「つける・つけない」で親子喧嘩が始まります。私は「魔の6月」と呼んでいました。

2年目の夏も、たかかずさんは、クーラーをつけようとしません。就寝時は「アイスノン」。日中は「アイスパック」を首に巻くなどして、少しでも暑さをしのいでもらいました。

医師から気をつけてと言われたのは「脱水」です。なかなか水分を取らないので、薄めたカルピスなどを1リットルボトルに入れ、それを飲み干すことを毎日のノルマにしました。お年寄りは脱水状態になっても、のどの渇きを感じにくくなります。「飲みたいから、のどが渇いたから飲む」ではなく、定期的に飲むよう、口を酸っぱくして言いました。

猛暑もかげり、涼しくなってきた9月のこと。「お父さんが、ベッドから起きられないの」と、まっちゃんが慌てて電話をかけてきました。急ぎ様子を見に行くと、明らかに変です。体を起こしベッ

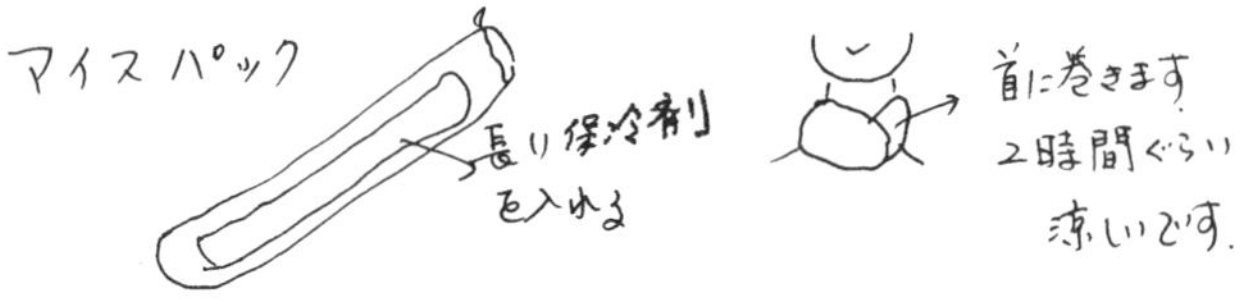
アイスパック
長い保冷剤を入れる
首に巻きます
2時間ぐらい
涼しいです。

それはセクシーやねぇ

九州で暑さには慣れていても集合住宅の暑さは格別です。ベランダのクーラーが一斉につけられ熱風が吹き込んできます。

昔、シミーズと
呼んでいたのを
買ってきて

クーラーをかけずに、これを着て寝ると言うのです。でも丈の短いのしかありませんでした。

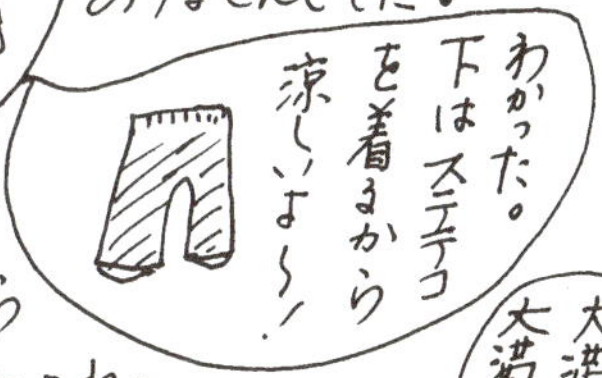
わかった。
下はステテコを着るから
涼しいよ〜！

：涼しいやろうけど宅配便の人が来たらこのかっこうで出るんやよねぇ。かなりセクシーやねぇ。

大満足
大満足
ヒゲをつけたら
バカボンのパパ

：いいの……もう涼しければ何でもいいの。おばあさんに、おそいかかりはせんでしょう。

：まあ、そうやろね。
そっちじゃなくて、宅配便のお兄さんの方がびっくりするってことなんだけど。おじいさんだと思うかもネ。

ドに座らせるのですが、支えていた手を放すとフラ～ッと倒れてしまいます。

私はとっさに脳梗塞を疑いました。ホームドクターと連携を取ると総合病院で診てもらった方がいいだろうとのこと。たかかずさんは、生まれて初めて救急車の人になりました。

検査結果は、心配した梗塞は特にありません。脳のMRI画像を診た医師からは、思いもしないお褒めの言葉をちょうだいしました。

「91歳で素晴らしい頭の詰まり方です。萎縮もありません。まだまだ、ずいぶん生きられますよ」

「まだまだ」ということは、何歳まで生きられるのでしょう。思わず心の中で笑ってしまいました。その頃には、たかかずさんも一人で座れるようになり、血液を固まりにくくする点滴をし、そのまま帰りました。

ちなみに父は、病気に対しては神経質で怖がり屋です。どんなに美味しいもの、好物でも、お腹を壊すかもしれないと腹八分で留めます。気になる症状があると、一人で病院へ行く人でした。その一方で、他人の評価や声は、「我れ関せず」。家族にも、おおむね「好きにしたらいい」といった感じでしたから、ストレスで病むこともありませんでした。

呼びもしないのに、救急車がやってきた！

そんな健康を取り柄としてきた父も、3度目の夏を過ぎた頃から病院にお世話になる回数が増えていきました。「猛暑を乗り切った」と思えた秋の初め、たかずさんがいきなり高熱を出しました。夕方、ホームドクターのもとに駆け込むと、結果は肺炎。高齢でもあるので「入院した方がいい」と告げられました。

さぁ、私の頭の中は、予期せぬ事態にどう対処するかフル回転です。父を入院設備のある病院へ救急車で搬送するとなれば、私も同乗しなければなりません。そうなると、家で寝ている娘を誰に見てもらうかが、緊急の課題でした。

この時は無理を言って、青葉園の職員さんに我が家に来ていただきました。入院の手続きなどを終えて帰宅したのは、夜11時。職員さんは家庭があるのに、その時間までいてくださいました。

父、母、娘——。一人が入院になれば、どう対処するのか。何とかしなければならない我が家の課題を突きつけられました。

一方、入院した父は、抗生物質がよく効き、すぐ平熱になりました。じっとしているのが嫌いな人ですから、「家に帰りたい」の連呼です。

「もう治った。ここにいる意味がない」
「点滴してるから、熱が下がっているだけだよ」

正直、いい加減にしてくれと腹が立ちました。でも、病院の中で楽しそうにしている様子を見ると、うれしくなるのは不思議です。入院という「大変なこと」の中にも、「楽しい

こと」は潜んでいるのです。

その後の経過も良く、「病院で長い時間を過ごしていると、足の筋肉が落ちて歩けなくなりますから」と1週間で退院の許可が下りました。

ところが、元気に退院して1カ月後、どこでうつされたのか風邪をひき、珍しく長患いをしました。その風邪も落ち着き、やれやれと思った矢先、今度は、「汗が止まらない」と訴え出したのです。

季節は木枯らしが吹く12月。「今日は下着を10回替えたんだ」と言うのですが、熱はありません。が、ベランダを見ると、たしかに父の下着がすべて干してありました。

ホームドクターに検査をしてもらっても、異常がないので対処ができません。そこで、私のかかりつけの鍼灸医のもとに父を連れて行きました。

「こんなことをしても、たいしたことはない。良くはならんぞ」

施術の合間、文句を言っていましたが、問題の汗は1回でピタリと止まりました。医師の見立てでは、風邪をこじらせた時に自律神経がおかしくなり、体の温度調整が上手にできなくなったのではとのことでした。

これまで体調を崩しても、病院で処置を受け数日で復調していた父は、少し様子が違ってきました。たかかずさんも、老いの坂道をたしかに下っているのだと実感しました。

西宮ライフも4年――。たかかずさんは94歳、まっちゃんは84歳になりました。これまでは風邪をひいても、どちらかでしたが、最近は一人が治ると、もう一人がひくようになりました。二人同時の事態は回避できていますが、いつ、そうなってもおかしくない状況です。

1年365日――。時間の長さは誰にも同じですが、その重たさは違うことを実感します。80の坂を超えてからの日々は、当たり前にできていたことが、できなくなる時間でもあります。だからこそ、今という一瞬が愛おしくもなるのですが……。

引っ越してきた当時と明らかに違うのは、救急車の出動回数です。多いときには毎月お世話になりました。発熱、めまい、貧血、痰のからみ、ベッドから起き上がれない……。「突然、どうしたの！」といった事態が本当に多くなりました。

娘と青葉園にいた時のことです。近所の人から携帯に急を告げる電話がかかってきました。

「おじいちゃんが、道で倒れてましたから、病院に運びますわ。救急車を呼びました！」

ただ事ではありません。お礼を述べると、救急隊員さんに代わってもらいました。

(み)「意識ありますか？　どこの病院に運びますか？
私、娘です。これから病院に直接行きますから」

(救)「個人情報なので、どこに運ぶか言えません」

(み)「えーっ、じゃあ、私は、どこに行ったらいいの？」

(救)「お宅に、病院か警察から電話があります」

(み)「だから、お宅にはいないの。私、今、家にいないんですよぅ」

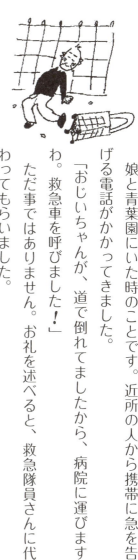

そんなやり取りをしているうちに、たかかずさんは、すたすた歩けるようになり、住所もちゃんと言え、血圧も問題ないということで、救急隊員さんに家まで送ってもらうという、何ともお騒がせな結果になりました。

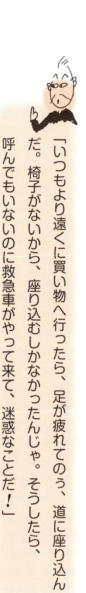

大急ぎで家に帰ると、たかかずさんは何事もなかったように、スーパーで買った品々を一つひとつテーブルに広げていました。お騒がせ事件の発端は、こんなことでした。

「いつもより遠くに買い物へ行ったら、足が疲れてのぅ、道に座り込んだ。椅子がないから、座り込むしかなかったんじゃ。そうしたら、呼んでもいないのに救急車がやって来て、迷惑なことだ！」

父の理屈は、もっともなことですが、94歳のお年寄りが道に座り込んでいたら、誰だって心配します。問題は、たかかずさん自身が体力も、足腰の筋肉も低下していることをまったく理解していないことです。今回は「足の疲れ」で済みましたが、どこで、何が起きるかわかったものじゃありません。

なんで、こんなに物をなくすの

この頃は、二人が何事もなく1カ月を過ごすことの方が稀です。病院に駆け込む回数もぐっと増え、そのたびに「保険証の紛失」という新たな問題に悩まされるようになりました。そもそも保険証をなくすのは、あったところに戻さないからです。

「保険証がない、お前に預けたじゃろう」

「知りませんよ。最後に使ったのは、お父さんでしょう」

そんなやり取りが頻繁に見られるようになりました。あてどなく探すのは本当に大変ですから、同じところにしまうよう訓練をしました。例えば「病院に行く」ことも、帰って来て完了ではなく、大事な保険証や薬などを所定の場所にしまって完了としました。それから、「お疲れ様」とお茶を入れるのです。そうルールは決めたのですが……。

何度目かの父の発熱でした（いつからか、数えられなくなりました）。前夜39度あった熱は、朝に37度台になりましたが、94歳という年齢です。「また肺炎かもしれない」と思い、朝一番で入院設備のある総合病院へ行くことにしました。ところが、この大事な時に保険証がありません。目ぼしいところを探しても見つかりません。今日は土曜日、病院の診察時間は午前中だけです。

「もういいわ、全額払って、後日払い戻してもらおう。さっさと行かないと、病院しまってしまうよ」

保険証の探索に見切りをつけると、たかかずさんをタクシーに乗せ、病院へ向かいました。忘れ物に気づき、タクシーの中からまっちゃんに連絡を取ろうとするのですが、家の電話も、携帯も出ません。悪い予感がします。夫に電話をし、母の様子を見てきてほしいと頼みました。

そうこうするうちに、タクシーは病院へ到着。幸い、父の容体は落ち着いていま

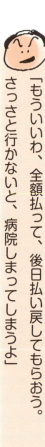

す。熱を測ると36・4度、平熱になっていました。ほっとしたのは、束の間のこと。夫から電話が入りました。

「大変や！　お母さん、家の前で倒れとった。中に入れたけど、様子がおかしいで。とりあえずベッドに寝せてきた。見に帰った方がええで」

み「えっー！」

緊急事態です。このタイミングで看護師さんからは「おじいちゃん、この次に呼びますすね」と声がかかりました。ここまで来たら、たかかずさんも診察してほしい。だけど、まっちゃんのところにも今すぐ駆けつけたい。とっさに私は、看護師さんに頼み込んでいました。

「すみません。もう一人家で倒れたので、じいちゃんをここに置いて行きますので診察しておいてもらえませんか？　終わったら、この辺に座らせて待たせといてください。もう一人の倒れた者も連れて必ず戻って来ますから」

思いもしない私の申し出に、若い看護師さんは困り果てています。

「おじいちゃん一人で、ちょっと無理でしょ……、何かあったら……」

ならば、次なる手を考えなくてはいけません。これは、まるでゲームです。まっちゃんも、たかかずさんも助けるゲームです。とにかく今の優先順位1番は、母でしょう。様子がまったくわかりませんから。脳梗塞の再発で倒れたのならば、時間との勝負です。

「わかりました。じいちゃん、平熱になっているので連れて帰ります。それで、二人を連れて来ますわ」

再び父をタクシーに乗せて家へ。ドタバタ劇の原因は、保険証でした。

「あのあと保険証が見つかったのよ。それで追いかけたら、走れるじゃない。それで走って、追いかけて、追いかけて、追いつけなくて」

み「……」（歩行困難者がタクシーを追いかけるか！）

(ま)「しかたなく家に帰ったら、疲れて、疲れて、足が動かなくなって、
家の前で仰向けに倒れてしまったのよ」

「どうして携帯、使わないの？　かけても出ないし、心配するでしょ」

(ま)「あぁ〜、そうやねぇ。私、携帯、使い方を忘れてしまったかも。
よかったのは、あなたのご主人様が通りかかってくれたのよ」

(み)「そりゃよかったね」

(たまたまじゃないよ、私が頼んだんだよ)

まっちゃんは、脳梗塞で麻痺が残った体に負荷をかけたために、もともと丈夫ではない心臓が、不整脈を起こし倒れたようです。これ以上負荷をかけたら、体が悲鳴を上げるのに……。危険に対する感度が、二人とも本当に鈍くなりました。私はこの1時間、走り回って何をしていたのでしょう。その夜、たかずさんは発熱し3日間点滴に通いました。

二人は、だんだんと大切な物の管理ができなくなってきました。保険証は、その

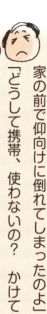

一つに過ぎません。特に困ったのは、たかかずさんです。イライラしながら家の中をウロウロ探し続けます。なくした物が見つからなければ、1時間、2時間は当たり前です。そんな父を私も無視するわけにもいかず、いっしょに探します。見つかれば大喜びなので、つい付き合ってしまうのです。

「○○がない」と言われても、「そう、そのうち出てくるよ」と優しく諭し、「これは大切だから、秘書の私がお預かりさせていただけますか」と言えるようになるまでには、まだまだ訓練が必要な介護人でした。

「大事なものがなくなったんじゃが、お前は知らんか?」

「ちょっと、頼みがあるんじゃがのぅ」

そんなときに限って、たかかずさんは私を見ると喜び勇んでやってきて、後ろからポンポンと肩を叩くのです。そのたびに私は〝今度は何をなくしたの〟と心に暗雲が広がるのでした。

度重なる物の紛失、たかかずさんの曖昧な記憶も、さして気にしていませんでしたが、本人は違いました。一抹の不安があったのでしょう。ある日、父から「物忘れ外来」に行きたい、認知症検査を受けたいと言ってきました。

話を聞けば、たかかずさんは5年前にも大分で認知症検査を受けていたのです。病気には用心深い人ですから、頷けました。物忘れが心配な方は、大きな総合病院などに行けば、「物忘れ外来」「認知症外来」「老人科」などで相談を受け付けています。またかかりつけの病院でも紹介してくれます。今回は、ホームドクターの病院に「物忘れ外来」があり、予約をして出かけました。

検査の結果、認知症については当面、心配することはないと言われましたが、理解しがたい出来事は、あとを絶ちません。健康オタクでもあるたかかずさんは、毎年検診を欠かしません。毎月ホームドクターのところでも体を診てもらっています。今回は、腎臓の検査（採尿）もすることになりました。

「今、言われても急に小便は出ない！」

認知症の検査

〈物忘れ外来〉にやってきました。診察の前に、かわいい看護師さんと向かい合って、問診があります。

（このごろの若い人は、こう発音するよ）

：でわ〜今から言う単語を覚えてくださぁ〜い。「電車・桜・ネコ」

はい！でわ〜100から7引くと？

93！

おぉ〜速い。

そこからまた7引くとぉ？

（数字には、おそろしく強く、ムキになる男です）

86!!

：すばらしいー！

それでわ、さっき覚えた3つの単語は？

さっき？何を言った？

（意味の無いことは、覚えられん）

：でわ、ヒント・乗り物、植物・動物

オッ！電車だ

ネコ・桜

こういう質問に、何か意味があるんですかのう？

なんと、5年前より検査数値はUP↑していました。本人も安心しました。

そこで、家で取った尿を私が病院へ届けたのですが、すぐに電話がかかってきました。

(看)「すご～い、菌だらけの尿です。それで抗生物質が出ましたので」

「えーっ!? 菌の数値プラス4だって、ひぇ～ですわ。

こんなに菌だらけなのに、じいちゃんは、どうして平気なの?」

(看)「さぁ～、わかりませんねぇ」

抗生物質をもらった帰り道、考えました。それほどの数値ならば、尿路感染症を起こしているよなぁ。高熱が出るよなぁ。変だなぁ。そしてひらめきました。

(み)「お父さん、さっきの検査に出した尿、どうやって取った?

尿瓶に溜まったのをコップに移したってことない?」

「その通りじゃ。なかなか出ないから夕べの尿を入れた」

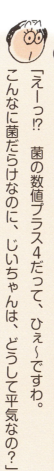

尿瓶《しびん》に溜まった尿は、暑さも加わって菌が繁殖。とてつもない数値になっていたのでしょう。父のやったことを伝えると看護師さんも納得しました。翌朝、尿瓶を経由しない尿を持っていくと、菌はゼロ！　なぜか、窓口で看護師さんと私は、笑いました。自分の父親のことなのに、おかしかったのです。

我が道を行くたかかずさんは、以前にもまして、目を離すと何をしでかすかわかりません。

「お母さん！　よく見といてよ。
お父さん、何をするかわからないよ」

ま「あらまぁ、そうだったの。ところで、私はね、
高いところから飛び降りても死なない方法がわかったの」

み「はぁ～？」（大丈夫なん？　この夫婦は？）

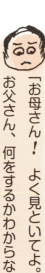

「落ちていくときに、天女みたいに踊ると
ふわ～っと着地できるのよ。ほかの人は、
みなペッチャンコになるのに、
私は上手に降りられるのよ」

Ⓜ「なんで高いところから飛び降りるの？」

Ⓜ「スポーツだから。あっ、夢の話よ。
夕べはずっとこの夢を見ていたの」

「あ～、夢ね！　驚いたわ」

いろいろあるけれど、二人の前には、世の中はすべて天下泰平なのでした。

第6章

たかずさんが壊れていく

「のんびり」と「速攻」、二つの時を楽しむ

二人が西宮に来て6度目の春を迎えました。

団地の我が家の前には、なだらかな丘があり、たくさんの桜の樹があります。今年も満開になりました。この季節は、家の中から毎日見て楽しみます。桜が散りはじめた頃のお花見は、また趣があります。たかかずさんを車椅子に乗せ、桜吹雪の中を買い物に出かけます。

私にとって父と母と過ごした6年間は、新しい自分を発見する時間でもありました。両親の家に行くと、まっちゃんは必ず、「まぁ、お茶でも飲んで、あんたも一服しなさい」と言います。「そうだね」と言えばいいものを、私はいつも「のんびりお茶なんか飲んでいる暇はないの」と、意地悪な子どもみたいな態度を取り続け

ていました。まっちゃんに甘えていたのだと思います。

用事が済むと、私はそそくさと自宅に戻り、両親の家の3倍の速度で家事をこなしました。かのこの医療ケアが待っていたからです。痰の吸引にはじまり、おむつ交換、大量の衣類・タオルの洗濯、吸引器の洗浄、薬の仕分け、体位交換（体の向きを変える）、床ずれの治療……、終わることのない時間との闘いです。ところが、この頃、ふと気がついたのです。

「私、両親の介護をしなかったら、3倍速の人生をずっと歩んでいたわ」と。

かのこの介護で、自由な時間は限られています。買い物も「ゆっくり見て選ぼう」なんて余裕はありません。目的の売り場にまっしぐら。友人やご近所さんからは、

「いつも速足で直角に歩いているよねぇ。忙しそうだから声をかけるのが悪くて……」

と言われ続けてきました。

宝の時間が惜しくて、つい両親には「急いで！」と言い放ってしまいます。

「そんなに急がせないで、わぁわぁ言われると余計に焦るわ」と、母に言い返さ

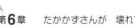

れ、次の言葉を飲み込んできました。体をゆっくりとしか動かせない両親を、私はじりじり待ちながら、「ジャングルのナマケモノの速度で動いているよなぁ」とずっと感じていました。

そんな生活の中で、「のんびり待つことも、とても大切なのだ」ということを学んだのです。現在は、「究極ののんびり」と「究極の速攻」の二つの時間帯を生きています。「苛立つ」のは忙しいからではなくて、決めたことがまっとうできないからだということにも気づきました。決めたことを全部やれた日は、素晴らしい、ありがたいことです。すべてができなかったとしても、明日に続く時間がある、大丈夫だと思えるようになりました。

記憶の穴

1年半前に「物忘れ外来」を受診し、「認知症は大丈夫、記憶力も良くなっています」と言われましたが、物忘れは目立ってきました。

「わしは、わからんことが多くなった。お母ちゃん、教えてくれよなぁ、助けてくれよなぁ」

弱音を吐くようになりました。ぽっかり空いた記憶の穴。そのために、つじつまが合わなくてイラつく日が多くなりました。その不安は手に取るようにわかります。

「大丈夫、私たちが、いるからね」

私とまっちゃんは、少しでもたかかずさんが安心できるように、優しく声をかけました。そうかと思えば、大切な書類は自分が管理すると主張します。困るのは、しょっちゅうなくすこと。最近はなくした物を「盗られた」と言い出すようになりました。認知症に見られる被害妄想のようなものも現れはじめましたが、「ときどき」といった程度でした。

「あれ、おかしなことを言い出したかな」と思ったときは、母と二人で、「そうだねぇ」「おかしいねぇ」「困ったねぇ」と相づちを打ちます。すると、たかかずさんも気持ちが落ち着き、記憶を取り戻すのでしょう。「わかったぞ、こうだったぞ」と自分で修正することも、まだまだできていました。

夜中にベッドに座って何時間も預金通帳を眺めている日も多くなりました。記帳された数字が、理解できないようです。その通帳もなくしてしまいました。「お父さん、どこにしまったの?」と聞いても、「銀行に預けている」と言い張ります。

これ以上、大切なものをなくすことになってはいけないと、「お母さんに預けておいたら?」と言ったのが大間違い。「お前たちは結託して、わしの財産を取る気だろう」と激怒されました。

得意とした大工仕事も、いい加減で完成をみないものになりましたが、私も母も悲観しませんでした。たかかずさんは、昔から好きなことをしていれば、機嫌がいい人でしたから、今まで通り自由にさせていました。命にかかわることでなければ、口出しはしませんでした。

ある朝、隣に行くと、たかかずさんがいません。食事をしているまっちゃんに尋ねると「あ〜ら、いないの。その辺にいるでしょう?」と気にもしていません。

「お父さん、お父さん、どこにいるの?」と声をかけても、返事がありません。

最後に5畳半ほどの洋間をのぞきました。そこは、たかかずさんが、長い棒を部屋中に張り巡らし、際限なく洋服を掛けていました。

いました！　たかかずさんは大量の洋服に押し倒されて、もがいていました。

みどり「どうしたの！」

たかかず「コートを日に当てようと思ったんじゃ。そしたら倒れてきたんじゃ」

みどり「お母さん、気をつけてあげないと。お父さん、洋服の下敷きになってたよ」

まっちゃん「あらまぁ、そんなことになっていたの。何が起こるかわからんねぇ。あっはっはっは」

洋服を掛けていた長い棒は、見ると短い棒と棒を紐で簡単に括り付けただけのものでした。以前の父には、ありえない仕事です。結局、洋服の重さに耐えられずに

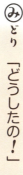

折れて、大量の洋服がたかかずさんを襲ったのでした。

　大事に至らなかったからいいものの、たかかずさんを見守ってほしいまっちゃんは、呑気なものでした。今までの母なら、父の異変に気づいて、私をすぐに呼んでいたのに、緩慢な態度をとるようになりました。たかかずさんに何かあっても、まっちゃんのサポートで助けられていた私は、これからは自分がすべてを担わなければならないことを覚悟しました。

　夜10時、毎日の日課で二人の様子を見に行った時のことです。たかかずさんの額に手をやると、熱い。

み「お母さん！　お父さん、すごい熱だよ。いつからこうなの？」
ま「お昼頃から」
み「今、夜の10時だよ。何ですぐに言わないのよ！」

ま「あんたが忙しそうだから、まぁ様子を見ようかと思って」
み「私が忙しいなんて気にしないで。

言ってもらえない方が大変なことになるんだよ」

「老老介護」の難しさは、互いが自分のことで精一杯。相手の健康を気遣うゆとりがないことです。体調を崩しても、本人が強く訴えない限り、異変は見過ごされてしまいます。

気になる「物忘れ」「ああ勘違い」も、目立ってきました。ヘルパーさんと買い物から帰ってきたたかかずさん。しばらくして何かをしきりに探していました。

た「わしは、尻の薬を買ってきたのに、どこにしまったかわからん」
ま「そんなものは、買い物袋に入ってなかったですよ」
た「いや、たしかに買った。あっ、そうじゃ、冷蔵庫に入れた」
ま「そんなもの、冷蔵庫に入れないでしょうが……」
た「いや入れた。ほれ、見てみろ、あったぞ！」
ま「えっ！」

それは、どう見ても「ちりめんじゃこ」が入った袋でした。私が両親宅を訪ねると、まっちゃんは、冷蔵庫の中の「ちりめんじゃこ」を指さし、「お父さんが、これをお尻の薬だと言うのよ。最初は怖くなって、それから笑ったわよ」と、耳打ちしました。私も、笑いながら、たかかずさんが一気にそこまでおかしくはならないだろうと首をかしげました。

(み)「それで、ちりめんじゃこをお尻に塗ると言ったの?」
(ま)「塗るとは言わなかった……。冷蔵庫に入れてたよ」
(み)「お父さん、お父さん、お尻が痛いの?
今日、薬局でお尻の薬を買ったの?」
(た)「いいや、買わん。わしは、尻なんか痛くない」
(み)「そうか……。これは、ちりめんじゃこだよねぇ?」
(た)「そうじゃ、当たり前じゃ!」

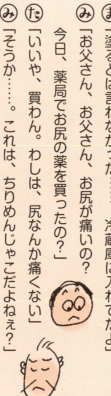

「えっ～」「大丈夫⁉」と驚かされることは、いろいろありますが、たかかずさんが、どんどんひどくなるという感覚はありませんでした。「忘れる」ことがあっても、それなりに「楽しく」日々を送っていれば、私もまっちゃんも、百点だったのです。

現役で働いていた頃の父は、冷たさを感じさせるほど厳格な人でした。でも、目の前にいるたかかずさんは、どこか抜けているところもあり、楽しくて、面白い、可愛い少年のようでした。ずっと使い続けてきた敬語も使わなくていい、柔らかな関係が築けました。

デイサービスで撮った写真も、にこやかでした。たかかずさんも、そうした毎日を楽しみ、いっしょに笑っているのだから、それでよかったのです。

「おぉ！」と思うこともありました。まっちゃんが

「ねえ、『画竜点睛を欠く』って、どういう意味やったかね？」

と、聞いてきます。手を離せない私は、

「竜の絵を描いたけど、空の色を青く塗るのを忘れたってことと違う？」と適当

に答えました。

㋮「なるほどねぇ、空の青か」

㋟「何を言っている！　違うぞ、それはじゃなぁ、竜の絵を描いたのに目を描くのを忘れたから、絵としては不完全ということじゃ。物事を完成させるためには、最後まで落ち度なくと言うことじゃ！」

「おぉ～、素晴らしい！」

頭の中の記憶中枢は全部壊れたわけではありません。「まだ大丈夫だね」と、母と顔を見合わせ、くすっと笑いました。

でも、少年のようなたかかずさんは、少しずつですが、笑わなくなりました。そして不安に襲われると、私の相づちや同意では、穏やかな人に戻らなくなりました。「忘れる」ことは、認知症のほんの一部の症状に過ぎなかったのです。

不可解な行動が目立つように

今にも雪が降りそうな夜でした。たかかずさんの姿が見えないので、まっちゃんに尋ねると「落下防止ネットの上に落ちた洗濯物を取りに行っている」と言います。1階の通路に行くと、下から鉄の棒を突っついて下着を取ろうとしていました。

「お父さん、もう暗くなったから、明日の朝にしようよ」

「そうじゃな」

その場で作業を止め、納得したかに見えたのですが、今度は自宅の3階のベランダから長い棒を差し出し、無心に下着を取ろうとします。放っておけば、本人が転落しかねません。転落は免れても、再び1階に行って、首が捻挫するまで上を向いて下着を取り続けるでしょう。

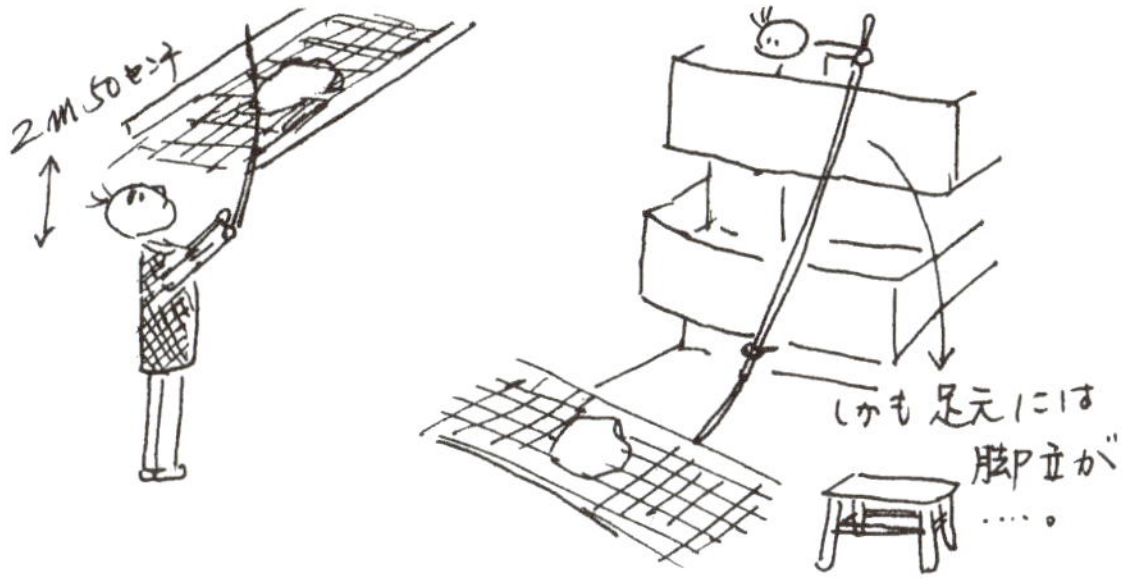

「お父さん、私に任せて。バトンタッチしようよ」

そう言って、たかかずさんを納得させ、1階へ降りました。格闘すること1時間、ようやく下着を取り戻しました。父に持っていくと、「おーっ、ありがと、ありがと」と大喜びです。

ある日は、私を見つけるや、こっちに来いと激しく手招きをします。「なに？」と尋ねると、耳元でささやきます。

「お母さんが、朝から洋服を捨てている。あれは死のうと思っとるんだ」
み「あははは、なに言ってるの、大丈夫、大丈夫」
た「いいや、安心できん」
み「私が着ない服は捨てなさいと言ったの。ねぇー、お母さん、死んだりしないよね」

「なんで、私が死ぬんですか？」
た「そうか、そうか、そうか……」

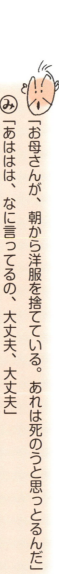

何度もうなずく、たかかずさん。母親を失うかもしれない子どものように心配していました。まっちゃんは、妻だけではなく、母親の役も請け負わなくてはならなくなっていました。

かつて、うつ病を患った母は、自殺願望が強く、父は4年間、気の休まる日がありませんでした。「死にたい、死にたい」と言って洋服をハサミで切り裂いていた悪夢が、フラッシュバックしたのでしょう。

落差の激しい自身の心に怯え、一番苦しかったのは、たかかずさんでした。心から愛しく、可哀想にと思いました。たかかずさんの心が、一分でも、一秒でも長く、安心できる場所にいてほしいと思いました。

ある朝、たかかずさんの薬箱から、いつも飲んでいる薬が2日分なくなっていました。薬は、1回に飲む分を事前に私が仕分け、薬箱（曜日ごとに朝・昼・晩の薬を配置できる）にセットしておきます。

物を忘れることはあっても、日付や曜日はしっかり覚えています。また、この薬箱ならば、ちゃんと選べるだろうと父に任せていたのです。薬の中には、脳梗塞を予防する、血液を固まりにくくするものもあります。

〝うわっ〜、まとめて飲んじゃって、脳内で出血したら血が止まらないかもしれない。どうしよう〜〟

この時は、本当に慌てました、焦りまくりました。

(み)「お父さん！　2日分の薬、みんな飲んじゃったの?」

(た)「飲んでおらん」

(み)「でも、ないよ?」

(た)「見よ！　デイに持っていくから、オブラートに包んでここにある」

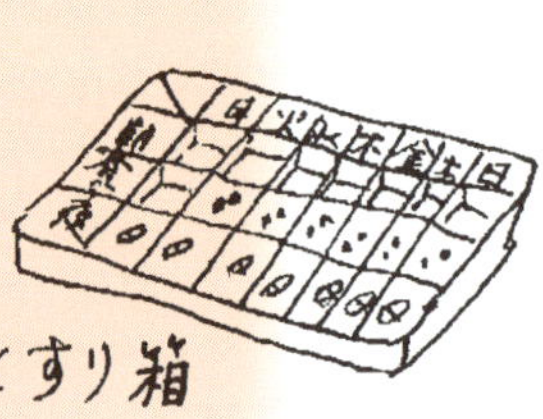

父の愛用するカバンを見ると、オブラートに包まれた薬が6つ入っていました。

よくぞ、覚えていてくれました。心からほっとしました。

薬は、命にかかわります。それからは管理と確認（たかかずさんが間違えずに飲んだか）は、母に任せました。薬箱も父の見えるところには絶対に置かないことにしました。

「小便が出ない」「寒い」……、壊れていく体

いつも通り、デイサービスに出かけた日のことです。事業所から電話が入りました。話を聞くと、「小便が出ない！　病院に連れて行ってくれ！」と、父が激しく訴えたようで、「病院を予約していただけますか」と、職員さんからお願いをされました。

ちょうど、娘の帰宅時間と重なります。ケアマネさんに助けを求め、父を泌尿器科のある病院へ連れて行ってもらいました。検査結果は、何一つ悪いところはなく、あえて挙げるなら「脱水ぎみ」と言われました。ため息が出ました。たかかずさんは、帰宅するなり文句を言いはじめました。

「やっぱり出ない！　朝から一滴も出ない！」

この日から毎日、寝ても覚めても「小便が出ない」と訴え続けました。

み「お茶を飲まないから、出ないんだよ」

た「そんなことはない！　飲んでも出ないんじゃ！　もう一度病院に連れて行ってくれ！」

み「病院では、異常がなかったでしょう。その時に脱水と言われたでしょう。脱水はね、水分が足りないの。飲んだらオシッコも出るんだよ」

た「小便が出ない、朝から一滴も出ない、おかしい、おかしい……」

私は、〝いい加減にしろ！〟と心の中で叫んでいました。幸い、いただいたスポーツ飲料が気に入り、それを飲ませ続けることで、なんとか脱水を逃れました。また、尿もふつうに出るようになりました。

ところが、出はじめたら、どこで尿意をもよおすかわからないと言い出しました。

さらに心配が高じて、大きな尿瓶《しびん》を携帯するようになったのです。

デイに行く日の朝は、それは大変です。送迎車に乗っている10分間に粗相《そそう》をしたら困ると言って、背広の外ポケットに尿瓶を入れるのです。尿瓶は大きく、ポケットから半分飛び出しています。誰が見ても奇妙な光景です。「お父さん、それは、おかしいよ」と何度言っても、聞き入れません。

この頃には、私もまっちゃんも、たかかずさんが認知症であることを自覚していました。にもかかわらず、私は、対応を間違えていました。認知症の人に、理屈はもう通用しなかったのです。

強いこだわりを持ち、とみに感情の起伏が激しくなった父には、認知症の薬も処方されましたが、症状は改善されません。口をつぐみ、ボーッとしている時間が増えていきました。そうかと思えば、突然、爆発するように怒り出します。私たちが少しでも、意に反することを言うと、激しく苛立つようになりました。

たかかずさんが言っていること、やっていることが、どんなにおかしくても、間違っていても、同意することが必要だったのです。

「小便が出ない」との訴えは、まだまだ小さな爆発でした。7度目の梅雨を迎えました。それからの日々の私たちは、嵐の中で怒涛に揉《も》まれる小舟のようでした。

「寒い、寒い、寒い」

6月の蒸し暑い部屋の中で、たかかずさんは3枚のTシャツ、2枚のセーターの上にダウンジャケットまで着て、暖房を入れていました。湿気とむっとする暑さの中で、汗をダラダラかきながら「寒い、寒い」と訴え続ける姿は、異様でした。

しばらくすると、パンパンに着込んだ洋服の上から毛布にくるまり、こたつまで引っ張り出して使いはじめました。「寒さ」と「大量の汗」、相反する症状は、一向に収まりません。笑いは消え、人相まで変わってしまいました。

父の体を測ると、体温36度、血圧135／76、酸素濃度98、心拍75。いずれの数値もなんら問題ありません。受け答えもできていますから、意識も正常です。
そのとき私は、また間違いを犯しました。不安でパニック状態にある、しかも認知症の人に強く説得してしまったのです。

「お父さん、こんなに汗が出ているってことは、本当は暑いんだよ。寒くないんだよ。勘違いだよ」

(た)「汗などかいてはおらん！」

(み)「ほら、かいてるじゃないの！　汗をかくから蒸発して寒いんでしょ。薄着をしていれば汗もかかないし、寒くないんだよ」

(た)「いいや、そんなことはない！　もう、わしは死んでしまうかもしれん。救急車を、救急車を呼べ」

激しい訴えに、私は思いました。病院で診てもらい、医師に「大丈夫ですよ」と手を握ってもらいたいのだろう。そうすれば、気持ちも、症状も少しは落ち着くの

かもしれない。

私は翌日、ホームドクターの病院へ父を連れて行きました。ところが、クーラーが寒くて院内で待つことができず、帰ってしまったのです。

たかかずさんをこのままにはできません。次の日、私は気になっていた鍼灸医のところへ何とか連れ出しました。実は1年半前の12月にも「汗が止まらない」と言い出し、鍼灸医の1回の施術でピタリと治ったのです。今回は、悪寒も加わり、あのときの何十倍もひどい症状ですが、「汗」の症状は同じです。

一通りの施術が終わると、「もう来ない。絶対来ない。わしはこんなところに来たら死んでしまう」と、蒼白な顔で訴えます。帰りのタクシーの中でも、ずっと「苦しい、寒い」「もう死にそうだ」と、息も絶え絶えに繰り返し続けました。

「寒い」と訴えるたかかずさん。どんどん上がる気温に衰弱するまっちゃん。そして、治療方法を模索する私。三人の〝のた打ち回るような時間〟が、無情に過ぎていきました。

何とかしなくては――。悩み考えた末に、通院が困難な人のために医師や看護師が定期的に訪ねてくれる「在宅医療（訪問診療）」に切り替えました。これまでは異変があると二人を車椅子に乗せホームドクターを受診していましたが、これからは週1回、訪問医が両親の健康状態を診てくれることになりました。

何よりもうれしかったのは、緊急時には夜中でも来ていただけることでした。両親のどちらかを救急搬送するときに、かのこをどうするかという大問題まで解決したのです。

これで、たかかずさんも安心し、「寒い」と言わなくなるだろうと思ったのですが、ことは、そんなに簡単ではありませんでした。甲状腺の検査などもしましたが、特に問題は見当たりません。

「寒い、寒い。息もできないぐらい寒い。死にそうだ！」

「お父さん、新しい先生も検査をしてくれて、
何も異常はなかったじゃない。水も飲まずに、
こんなに着込んで汗をかいたら、今度は脱水で倒れるよ」

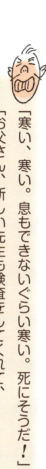

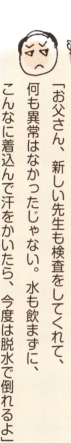

学ばない私は、また説得をしてしまいました。

このままじゃ、暑さでお母さんが死ぬよ

病状は改善されないまま8月に突入。本格的な暑さがやってきました。私は父が、「もう行かない」と訴えるので断念しましたが、鍼灸にもう一度懸けてみたいと思いました。そこで無理にお願いして、週に1回施術に来ていただくことにしたのです。鍼灸医が来る日を、私は祈るような思いで待ち続けました。

たかかずさんは、相変わらずクーラーをつけません（こたつの使用だけはやめました）。テレビのニュースでは連日、熱中症予防を呼びかけています。室温は連日33度。耐えがたい暑さの中で我慢大会のような日が続きました。

父と24時間を過ごす母は、不整脈がある上に脳梗塞もやっています。たかかずさん自身も、早期の発見で後遺症はないものの、脳梗塞を2回発症し予防の薬を服用しています。二人とも大量の汗で水分が失われれば、すぐに脱水状態に陥り、脳梗

塞の引き金になりかねません。命にかかわる状況でした。

すでに、母は暑さで食欲も落ち、ヨロヨロと歩き、倒れるように父の隣のベッドで伸びていることが多くなりました。仲の良い二人は、ずっとベッドを並べてきましたが、この暑さで寝室を共にすることは、まっちゃんには危険でした。

「お母さんだけうちに来ない？」

「お父さんが寂しがるからね……、それは……」

「何言ってるの、もうそんな状況じゃないよ。このままじゃ、お母さんが訳のわからん人の言うこと聞いて死ぬよ！」

「……」

「うちに来られないのなら、別の部屋に窓かけクーラーを付けてあげるから。そっちで寝たほうがいいよ」

「そうだねぇ……」

翌日、窓かけクーラーをどこに付けるか母と相談していると、たかかずさんがものすごい形相で飛んできました。

「お前たち二人で何を勝手なことを話しておるんだ！ クーラーなんていらん！ クーラーを付けたら、寒くて、寒くて、わしの頭は爆発するんだ！」

唇を震わせて怒り心頭です。私も母の命を守るために必死でした。

「お父さんは、クーラーをかけなくていいよ。でもお母さんは心臓が悪いんだから、この暑さで死ぬよ！ クーラーは付けるから」

「なにを！」

み「お父さんの言うことなんて聞けません。クーラーの代金は、私が払うからいいじゃないの！」

た「そ、そういう勝手なことをするなら、わしも勝手をするからな！ わしが寒いんだから、お母さんだって寒いんだ、暑くはないんだ！」

み「暑いんだよー！ お母さんは、暑くて、暑くて死にそうなんだよ！

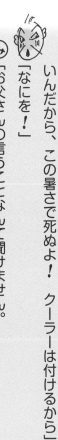

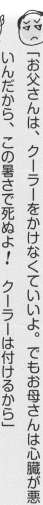

このままだと、大事なお母さんが、死ぬよ。お父さんはそれでいいの？
自分も勝手なことをするって、いったい何をするのよ？」

(た)「徘徊老人になって倒れてやる。それでもいいのだな！」

(み)「いいよ！　倒れてもいいよ！　お母さんは足が悪いから助けに行けないし、私もかのこがいるから行けません。
勝手に倒れていればいいのよ」

私の堪忍袋も限界でした。たかかずさんが認知症だろうが、私はずっと我慢してきたんだ。傷つけないようにしてきたんだ。たかかずさんを愛してきたんだ。二人の命を守りたいと思い続けてきたんだ。なのに……。人生で、こんなに腹が立ったことはありません。今までの数々の我慢が怒りとなって爆発しました。

認知症のたかかずさんに、激しい言葉を放ってはいけない。そんな理性も吹き飛んでいました。子どもの頃から敬語で話をしてきた父に、「ののしる」ということを生まれて初めてやっていました。

数日後、鍼灸医がやってきました。ののしり合う父娘《おやこ》のことを話すと、医師はつつみ込むような笑顔でこう言いました。

「たかかずさんの体は、健康なのです。だから、たくさん着込んでいると、暑いと感じて汗を多量に出します。でも頭の中の温度センサーは壊れかけていて、〝暑い〟を〝寒い〟と感じるのでしょう。お灸と針で刺激してみます」

そう言うと、父にも優しく声をかけました。

㊩「たかかずさん、しんどいですよねぇ。本当に死にそうに辛いんですよね。よ～くわかります。もう、大丈夫ですよ」

その言葉に、救われたのは私でした。今まで「たかかずさんの妄想」だと思ってきた症状を、違うと言ってくれたのです。心の中に光が射しました。「妄想」でないのなら、私にも父のためにできることがないだろうかと考えました。ちょうどテレビを見ていると、マッサージの不思議な効果を紹介していました。

マッサージは、「する人」も「される人」も、互いの体の中から「オキシトシン」という愛情ホルモンが分泌されるといいます。なんとこのホルモンは、万病を治癒する力を秘めているというのです。そういえば幼い頃、お腹が痛い時、まっちゃんがさすってくれ、何度も痛みが和らいだことがありました。

マッサージに心得のない私にも、体をさすることならば、できそうな気がします。鍼灸医に尋ねると、「触ってもらうだけで心が安まります。いいと思いますよ」とのこと。早速、たかかずさんにも、朝、昼、晩と15分ずつ、全身マッサージをさせてもらいました。

「お父さん、こうすると血流が良くなって、温かくなるかもしれんねぇ」

「気持ちええなぁ。あんた、なかなか上手いなぁ」

マッサージをしている間、私が子どもの頃の話をしました。それは、やさしい静かな時間でした。たかかずさんの顔もほころびます。このときだけは、ひと言も「寒い」と言いません。私は汗だくですが。

(み)「昔、お父さんの郵便局に連れて行ってもらって、そばで遊んでたねぇ」

(た)「そうじゃ、小さかったあんたは、絵を描いたりして静かにしとったで」

(み)「へぇ〜、今、流行の〝イクメン〟だね」

(た)「3歳ぐらいだ。お利口にしとったよ」

(み)「出張にも、連れて行ってたのと違う？」

(た)「おぅ、そうじゃった。別府のラクテンチや高崎山のサルを見に行ったなぁ。あっちこっち行ったなぁ」

(み)「そんなに連れて行ってくれたん」

(た)

「帰りの汽車が満席で立つことになって、あんたは、わしの足にしがみついて眠ってしもうてな。可愛かったよ」

針灸の効果も少しずつ表れ、このまま昔の穏やかな父に戻るのではないかと希望を持ちました。私と言い争ったことも忘れてくれているように感じました。でも状況は、さらにエスカレートしていくのでした。

第7章

もう一度
たかかずさんの手を
握りしめて

まっちゃん、地獄の暑さに倒れる

心が震える8月でした。
それから起こったことは、今、思い出しても胸が締めつけられます。

たかかず「クーラーをつけると、頭痛がして、わしの頭が爆発するんじゃ」

針灸のおかげで劇的な「寒い！ 寒い！」は治まってきましたが、「寒い→クーラーをつけない」日々は、変わりません。このままでは命にかかわります。
父の意見は無視し、クーラーのスイッチを入れて帰り（私も強行手段に出ました）、次に行くとどうでしょう。なんとクーラーにはダンボール箱が覆いかぶさり、ガムテープまで貼り付けてありました。

両親の家は、24時間33度を超える異常な事態が続いていました。そんななか、たかかずさんが我が家に駆け込んできました。

たかかず「おい、来てくれ、お母さんが変だ」

みどり「倒れたの！　どこで倒れたの！　だから、こうなるって言ったのに！」

父の答えを待たずに、私は隣に走りました。見ると、まっちゃんは、上半身裸でリビングに倒れていました。呼んでも返事をしません。バスタオルを濡らして背中を覆うと、少し意識が戻りました。

まっちゃん「あぁ、あんまり暑いから……、涼しくなりたくて、上着を脱いで裸になったの。そうしたら目眩がして、ベッドに横になろうと歩き出したら、目の前が暗くなって、わからなくなったの」

みどり「お父さん！　見てごらん。熱中症で大事なお母さんが死ぬよ！

お願いだからクーラーつけて！
それができないなら、お母さんをうちで2、3日預からせて」

た「そうしてくれると助かる……」

同意をもらった私は、我が家にまっちゃんを連れて行きました。駆けつけてくださった看護師さんに点滴をしてもらい、意識もはっきりしたので一段落ですが、自宅に戻せば、同じことの繰り返しです。次は、本当に死ぬかもしれません。

たかかずさんは、自宅で所在なくウロウロしていました。今しがた、母を私に預けたことは覚えていても、熱中症になったことは忘れています。それでも、ぐったりした妻が心配だったのでしょう。様子を見に来ました。

「おぉ、お前のところのクーラーは、いいなぁ、わしの頭が痛くならん。
うちのはダメだ、もぅ頭が割れそうになるんだ。絶対につけられん」

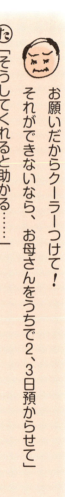

一生懸命、言い訳をするのですが、私は、先ほどの大騒動で余裕がなく、優しい返事ができません。

「お母さんをしばらく預からせてください。
お医者さんが、環境を変えないと何回でもこうなるって言うから。
お父さんは、暑い自分の家で、暑いまま、好きにしたらいいからね。
ご飯はちゃんと持っていくから」

私が、女房泥棒に!?

すべてのわがままを許してくれた妻がそばにいなくなり、たかかずさんの心はさらに不安定になりました。空っぽの隣のベッドを見て、何があったのかを必死に思い出そうとするのですが、「クーラーをつけない↓暑い↓まっちゃんが熱中症になった↓隣で預かり帰ってこない」という理屈は組み立てられません。

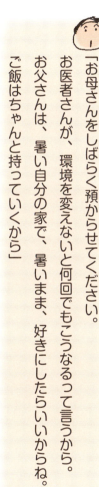

「なぜいなくなったのか」さえ、わかりません。そうなると、まっちゃんを隣に連れて行った私は、愛しい妻を奪っていった憎き「女房泥棒」「恋敵《こいがたき》」になってしまったのです。

それから、私への敵視と暴力が始まりました。女房泥棒を監視するようになった父は、外の小さな音にも過剰に反応するようになりました。私が玄関先を掃除しているだけで、ドアが開き、だらしなく前がはだけた浴衣姿で走り出てきました。

た「お、お前はいったい何をしているんだー！」
み「掃除よ」
た「そんなことしなくていいんだー！」

振り上げた手で、いきなり力いっぱい私の腕を殴りました。仇を見るような、殺人でも犯しかねないような怒りに満ちた恐ろしい形相でした。息は弾み、叫ぶ口からは、よだれが流れ落ちました。たかかずさんは剣道の有段者であり、その気にな

れば、まだ力はあります。父の大きな声に、我が家から出てきたまっちゃんが、転ぶようにたかかずさんの足にすがりました。

(ま)「お父さん、あんまりじゃないですか、
みどりがいったい何をしたと言うんですか?」
(た)「なにぃ! お前は、お前は!」
(ま)「お願いですから、やめてください」

今度は、母が突き飛ばされました。団地の通路はまるで修羅場です。たかかずさんは、急に背を向けると家に戻っていきました。
「みどり、勘弁してね。お父さんは病気だから。ごめんね、ごめんね、ごめんね」
「お母さん、わかってるよ、中に入って休んでいて」
通路に残るゴミをそのままにして、私は、ほうきと塵取りを無言で片付けました。叩かれた肩は、次の日、紫色になりました。

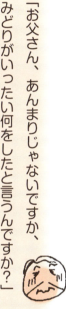

娘に一度も手をあげたことのない父が……。私は、この年になって初めて父親から暴力を振るわれたショックと悲しみで、冷静な判断をなくしていきました。今まで、たかかずさんのために大きく開かれていた心に、自分でシャッターを下ろしました。

それでも、たかかずさんの命を守ることは、私のすべきことだと決めていました。どんなに怒りがあっても、これだけは守ろうと――。

気がかりは、容赦なく続く熱帯夜です。一人残された父は、熱中症で倒れていても不思議ではありません。寝静まってから、私は様子を見るために隣の家の玄関をそっと開けました。ベランダの窓を開けているのでしょう。むっとした熱風が吹き出してきました。忍び足でリビングに入ると、豆電球のぼんやりとしたオレンジ色の薄明かりの下に、たかかずさんがぬっと立っていました。右手には、金づちを握りしめていました。

私は動けなくなりました。

短い沈黙の時間が流れました。たかかずさんは、その間もまったく動きません。目は私を見ているのに、心はそこにはない感じなのです。とげとげしい空気が漂い、殺気を感じました。

㋯「お父さん……、どうしたの……」
㋟「これから釘を打つ」
㋯「お父さん、もう遅いから。下には赤ちゃんも寝ているから、明日にしたらどうですか」
㋟「あぁ、そうするか……」

その場で父を納得させるために、とっさに「赤ちゃん」と言いました。私は、手にした金づちで頭を叩かれるのではないかと、ずっと身構えていました。たかかずさんの命を守りたい――。体温も、血圧も、脈も測りたかったのですが、私は何もできず、逃げるように家を出ました。

み「お母さん、この暑さでもお父さんはクーラーもかけずにいるから……。

明日の朝、熱中症で死んでいるかもしれんよ」

ま「……」

み  「それでもね、私は怖くて行くことができんのよ。

今も殺されるんじゃないかと感じたから……。

まだ、私は死ねんのよ。かのこがいるから死ねんのよ」

ま「もう、いいよ。行かないでいいよ……」

方途の見えない認知症老人の介護――。無力感が私の心を支配していました。初めて私は「たかかずさんを見捨てたい！　心の手を放したい！」と思いました。

怒り、悲しみ、諦め、情けなさ……、さまざまな感情が渦巻くなかで、私は、真剣に祈りはじめました。本当にどうにもならない時、絡まった糸をほどくように、私は祈るのが常でした。

1時間祈ると、真心で介護してきたのに、馬鹿な暴力じいさんめ！　認知とは、

「自分のことしか考えられなくなる」ってことなんだな。もう知らない。好きに生きたらいいのよ！　と思いました。絶対に恩着せがましいことは言わないと決めていたのに、ああもした、こうもしたと、心の中からドロドロとした汚いものが溢れ出てきました。

2時間祈ると、人生で起こることは、すべて無駄がないと言う。この地獄の時間から、私は何を学べと言われているんやろぅと思いはじめました。

明け方まで祈ると、私もたかかずさんに可哀想なことを言ったなぁ。「熱中症で死ぬよ！　死にたいの！」などと、怒りに任せて暴言を吐いたなぁ。あそこまで、ののしられたことが今までの人生でなかったから、たかかずさんは、あんなに激怒したんやろなぁ。私が、父に殴られた時と同じぐらい、いや、それ以上にショックやったんやろなぁと気づきました。

冷静になって振り返ると、せっかちで、相手の気持ちを受け止められない私自身の問題なのだと思いました。たかかずさんは、あの年で暴れ、命がけで私の弱点を教えようとしていたのかもしれません。それを私は、寛容とは反対の言葉を投げ、振る舞ってきたことにようやく気づきました。

空が白みはじめた明け方5時、たかかずさんの家に行ってみました。どうか生きていてほしいとの思いを抱きしめて――。

ガラス越しに、たかかずさんの祈る大きな声が、聞こえてきました。私は、立ったまま、その声を聴き続けました。

「お父さん……」

こらえきれず涙が溢れました。顔を上げると、六甲山系の上に紫色の朝焼けが広がっていました。また、今日も新しい朝が、まっさらな一日が始まります。

寄り添おう。すべてを受け入れ、たかかずさんの命を守ろう。私は、一度離しかけた父の心の手をしっかり握りしめました。

私の介護のどこがいけないの

朝食を済ませると、私は訪問診療に来てくださっている病院に電話をし、この2

～3日にあったことを話しました。「寒い！　寒い！」との激しい訴えは治まってきたこと。相変わらずクーラーをつけず、母が熱中症で倒れたこと。病院の指示通り母を我が家に預かると、父が暴力を振るい出したこと……。

これまで一人で抱えてきたものを、窮状をわかってほしい。とともに、これから先、父にどう接していいかを尋ねたのでしたが……。私の話を聞き終わると、医師はこう言いました。

「お父さんがそこまで怒るのは、この7年のあなたの間違った介護の結果です。お父さんはあなたを信頼してないんだ。あなたが大嫌いなんだ。積み重なった不満なんです。あなたが声を聞かせなきゃ、姿を見せなきゃ自然に収まるのです。お父さんに謝ったんですか？　ちゃんと？　96歳の年齢からすると、しっかりしていますよ。お父さんをもっと尊敬しなければ」

私は医師の言葉に耳を疑いました。今までの年月を全面否定され、強く突き飛ばされた気がしました。

誠心誠意やってきたのに……、私の介護の間違い？

私が嫌い？　私を信頼してない？　謝れって？　尊敬しろって？

何を知っているのか。何を見たというのか。父に尽くしてきた7年間のすべてが間違っているなどと、誰が言えるのか。私は、叫びたい気持ちを必死に抑えました。

「ちゃんと謝れ」と医師は言うのですから、その通りにしなければ、父の怒りは収まらないのでしょう。こうなったら何でもやってみるしかありません。

Ⓜ「お父さん、気に入らないことばかりして、本当に申し訳ありませんでした。本当に、ごめんなさい」

Ⓣ「謝り方が悪い！　この年寄りをこれ以上苦しめるなぁー。お前は鬼娘だ！」

玄関口でまた手を振り上げ、私を殺さんばかりの鬼の形相で怒鳴ります。殴りかかるので、私は急いで逃げました。

落ち着いて考えれば、たかかずさんには、まっちゃんが必要なのでした。私が父に関われば関わるほど、怒りは増すばかりでした。このまま両親が別れて暮らせば、三人の関係はますます悪くなっていきます。そもそも、母が自宅に帰れない理由は、この暑さでした。私はまっちゃんに尋ねました。

「お母さんが、自分でクーラーを取り付けてほしいと言ってみてはどう？」

この提案は、大成功でした。最愛のまっちゃんが懇願すると、簡単に納得したではありませんか。最初から、そうしておけばよかったのです。

許可はもらったものの、さてどうするか。すると夫が「取り付け業者役」を買って出てくれました。

「窓かけクーラーならインターネットで買って、付けてあげるよ。知らない人が来ると、お義父さん、爆発するかもしれんしな」

夫がクーラーを設置している間、私は自宅で気が気ではありませんでした。終わってみれば、心配は無用。作業を終えると、たかかずさんは夫に「謝礼だから」と、封筒を手渡しました。

「お義父さん、怒ってなかったで。取り付けをしている間も、ずっとニコニコ見てたで。謝礼までくれてな」

主人に渡された茶封筒の中には、五百円玉が1個入っていました。久しぶりに笑いました。主人はこの7年間、たかかずさんを特別視することなく、淡々と付き合ってくれていました。私とは違う優しさで接してくれ、それは大きな助け舟になりました。

夫には怒らないということは、やはり、たかかずさんは、私に怒っているのです。

「あなたが嫌いなんだ」と言う医師の言葉を肯定せざるを得ませんでした。

とりあえず、母の命が守られる状態になりました。クーラーが付いた日、まっちゃんは、たかかずさんのところに5日ぶりに戻りました。

辛く当たるのは、信頼しているから

「声を聞かせなきゃ、姿を見せなきゃ自然に収まる」

それからの私は医師の言葉に従い、極力、父に顔を見せないようにしました。食事を届ける時も「美味しい食事を持ってきましたよ。ゆっくり食べてくださいね」とだけ、作り笑いをしながら話します。すると、たかかずさんは、私をヘルパーさんだと思っているらしく、「おぅ、毎食すみませんなぁ。お世話になりますなぁ」と笑うのです。

ところが一瞬でも、私と母が楽しそうに話しはじめると、飛んできて怒るので、メモで気持ちや用事を伝え合うようにしました。

ま「お父さんは朝から晩まで、ずっと私の近くにいて、私があなたと話さないように監視しているみたいです。叩かれるから、うちに近寄らないでください」

み「わかりました。お母さんに暴力を振ったら、いつでも、夜中でもですよ、逃げてきてください」

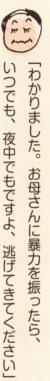

こんなに近くにいるのに、たかかずさんの心への距離は、とても遠く感じました。それでも、私がこの問題から逃げないと決めると、素晴らしい協力者が現れました。かのこをサポートしてくれているヘルパーのトモ子さん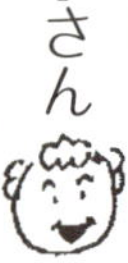です。彼女は、老人施設にも勤務していた経験があり、父との大立ち回りを話すと、「あはは」と大きな声で明るく笑うのでした。

(ト)「お年寄りは、一番身近な介護者に一番辛く当たるの。それだけの争いが起こったってことは、お母さんがちゃんと介護してきた証拠！」

(み)「そうなん？　うれしい！」

(ト)「で、突然怒り出したときは、お医者さんの言うことが正しいんです。

じいちゃんの前に顔を出さなかったらいいの。何日かしたら忘れるんやから」

(み)「本当に？」

(ト)「そう。私たちも施設でお年寄りが怒り出したら、ほかの職員とすぐ交代するんだから」

(み)「なら、すご～く怒って、私を叩いたことも忘れるの？」

(ト)「忘れるよ。今はお母さんの顔を見ると、理由なく怒りのスイッチが入るからね。できるだけ接触しないこと。その間に、じいちゃんの頭の中もリセットするから」

一生懸命に介護してきたから、一生懸命に尽くしてきたから――。その私に、たかかずさんも自分のことをわかってほしいと思ったのでしょう。トモ子さんの話を聞き、私に辛く当たった理由が解け、心が軽くなりました。それからは、トモ子さんのアドバイスを一つひとつ、実践してみました。

例えば、たかかずさんの言っていることが間違いであっても、その発言を、ゆっくり、優しくリピートします。否定はせず、すべてを受け止めるようにしました。「死ぬなんて言わないで」ではなく、「そうか、死にそうにしんどかったんやねぇ」と。「馬鹿になんてしてないよ」ではなく、「馬鹿にされていると思うんやね」と。

「悪口なんか言ってないよ」ではなく、「悪口を言われていると思うんやね。困ったね」と。私の変化に沿うように、たかかずさんも変わってきました。

た「この頃、みどりが全然来ないが、忙しいのか?」

ま「この夏、いろんなことがあって。お父さんが怒って叩くから。気をつかって来ないんですよ」

た「えーっ、わしはな~んも覚えておらん。わしがみどりを叩いたって?そりゃぁ、みどりに可哀想なことをしたなぁ」

「夏の悪夢の時間」は、父の頭からすっきり消えていました。医師、トモ子さんの言う通りでした。しばらくして、私はまっちゃんに促されて、たかかずさんのところへ行き、マッサージをしました。

「わしは、あんたさんにひどいことをしたらしいなぁ。全然覚えておらんのじゃ、すまんことをしたなぁ。あぁ、マッサージは気持ちがええなぁ。すまんことをした」

マッサージでごきげん

マッサージをすると、2つの手の平から、たかかずさんの体調、ごきげんまで、よくわかります。

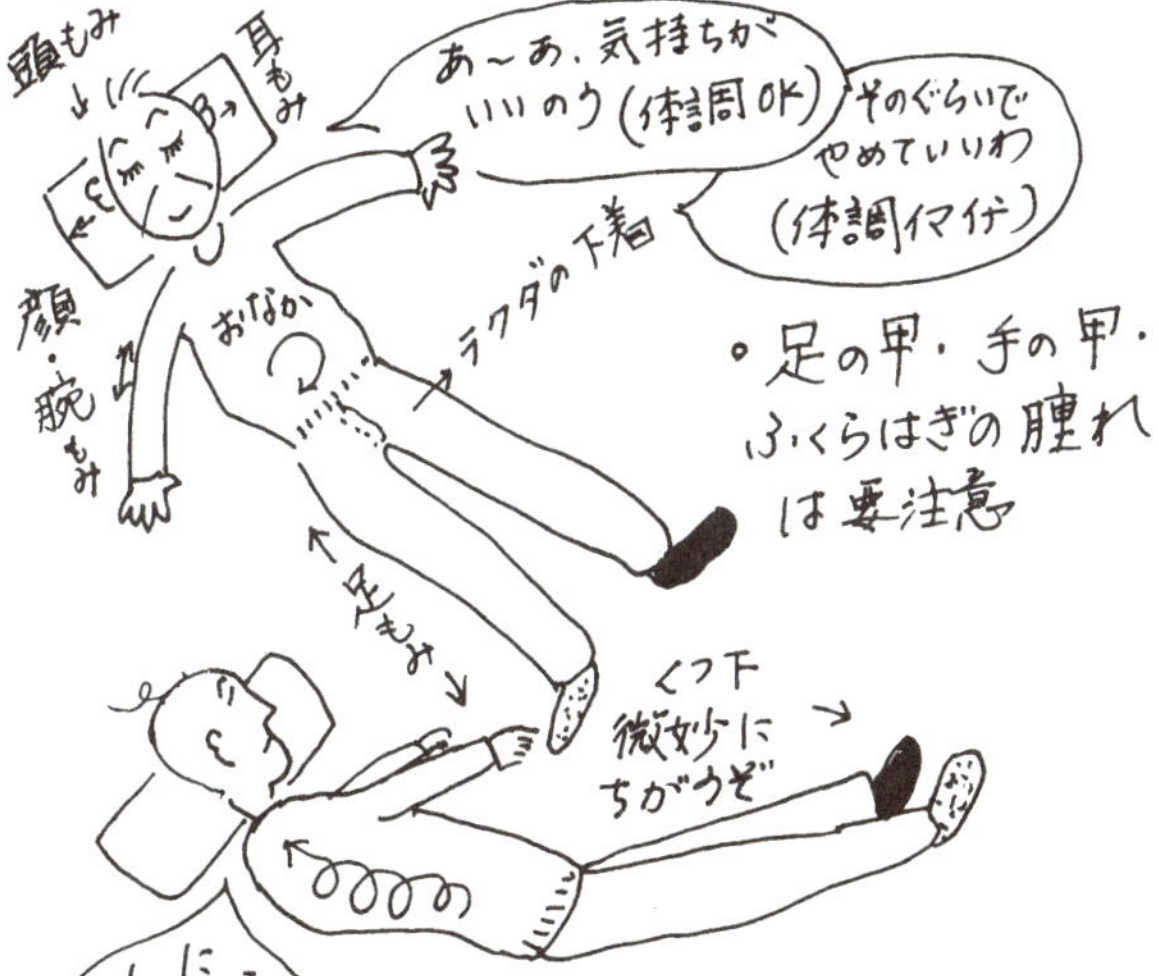

頭もみ
耳もみ
顔・腕もみ
あ～あ、気持ちがいいのう（体調OK）
そのぐらいでやめていいわ（体調イマイチ）
おなか
ラクダの下着
・足の甲・手の甲・ふくらはぎの腫れは要注意
足もみ
くつ下微妙にちがうぞ

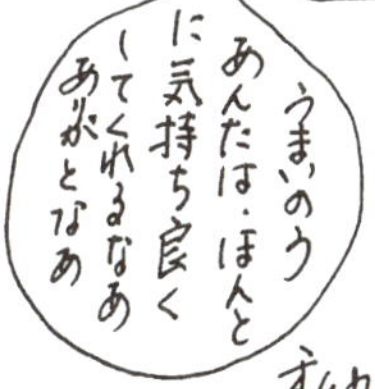

うまいのう あんたは、ほんとに気持ち良くしてくれるなああがとなあ

背中のマッサージをしながら話をします。だんだん足の筋肉が落ちてきたなあとか知りながら、話は、私が幼い頃のこと。たかかずさんが笑うからです。うれしそうに笑うのです。

肩から腕先へのなでおろしが好きで、ごきげんの悪い日もそれをするといい顔になります。

「大丈夫よ。私もお父さんにひどいことを言ったよ。ごめんなさいねぇ。仲良くしようねぇ。これからもずっと」

介護する私が変わったとき、あんなに怖かったたかかずさんも変わりました。まるで写し鏡のようでした。マッサージの間、こちらの胸がいっぱいになるほど「すまん、すまん」と繰り返し謝るのです。

雨の日のことでした。夕食を持っていくと、たかかずさんが玄関先まで見送ってくれました。

「お前は、雨に濡れてはおらんな？」

「心配してくれてありがとう。大丈夫、ほら濡れてないよ」

かつての優しい父が戻ってきました。

この夏、たかかずさんは、リビングのクーラーをつけませんでした。それでも、倒れることもなく乗り切った体力には驚きました。

たかかずさんの心に寄り添い、互いの心を〝共鳴〟させながら日々は進みました。

晴れの日ばかりでは、ありません。私をほろっとさせた何日かあとには、認知症にみられる妄想にとらわれていることもあります。今日のたかかずさんの「心の天気予報」は、「晴れ、ときどき認知症」、ちょっとだけ注意が必要のようです。

「みどりは、わしを追い出そうと企んでいるに違いない。よく見とけ！　そうならんうちに引っ越そう」

ま「そうですね。2～3週間様子を見て引っ越しましょうかね」

た「わしは、みどりの動きをじーっと監視しとるんじゃ」

まっちゃんも、たかかずさんの対応については一気に成長し、コツをつかんできました。怒りモードのときは、再びメモ用紙の対話に戻ります。

「お父さんが怒り出しましたので、くれぐれも気をつけてください」

み「しばらくマッサージには行きません。食事だけ持っていきます」

まっちゃんを癒したいと、洋服を買って持っていくのですが、私が買ってきたことを知ると、怒り出す可能性があります。たかかずさんが気づかない場所にそっと置いて帰りました。

「心づかいに深く、深く、合掌いたしました。
お父さんは、冷蔵庫の中を長々と探して、
一人で買い物に行く！　と言うので、
明日ヘルパーさんが来るから、待ちましょうとなだめました。
みどりは、また来なくなったのぅと言っています。
極楽とんぼで、天下泰平な男です」

どんなに怒りモードでも、不思議にデイに行くと、たかかずさんは、「毎日、体をマッサージしてくれる優しい、いい娘ですわ。わしは幸せ者です」と言って、私を自慢しているそうです。

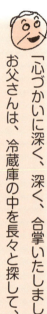

たかかずさんの笑顔を取り戻す

ある日のメモには、まっちゃんの決意がしたためられていました。

「今朝は、お父さん、起きてからずっと無言です。
不気味なほど表情が乏しくなりました。
私は、お父さんがまた笑えるように考えてみます。
お父さんの歴史を描いてみようかと思います」

こうしてまっちゃんは、たかかずさんの子ども時代や、二人で歩んできた夫婦の歴史を、次々とイラストに描きはじめました。イラストにしたのは、文章では理解が難しくなってきた父のためです。絵筆など持ったことのない母は、たかかずさんのために新たな挑戦を始めたのです。

父の子ども時代は、本人から話を聞かなければ、描くことができません。それからは、ベッドで仲良く横になりながら、昔話をしました。このときのたかかずさんは、いつになくおしゃべりになりました。目を輝かせ、体を乗り出して話すこともありました。

その話を一枚一枚丁寧にボールペンで描きます。完成すると、まっちゃんは、イラストを見せながら話しかけます。

ま「ほら、これがお父さんですよ。ヤギ小屋に入ってきた野犬を、追い払った時は勇ましかったです」

た「おぅ、そうじゃ、そうじゃ。あの時は大変じゃったのぅ」

ま「そうです。お父さんのおかげで、ヤギは助かったんですよ」

たかかずさんは最高の笑顔になります。認知症の父と24時間を共に過ごし、寄り添い続けた母は、一番苦しかったはずです。でも諦めずに闘い続けました。たかか

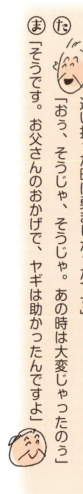

ずさんの笑顔を取り戻したいと始めたイラストは、納得のいくまで何度も描き重ねながら、ついに100枚を超えました。

生来、まっちゃんは何かに夢中になると、エネルギッシュに突き進み、周りのことは目に入りません。案の定、イラスト描きに没頭していました。そんな母の性格を知り尽くしている私は、そっと、たかかずさんのケアサポートをさせていただきました。

まっちゃんは、認知症の家族の苦しみを背負いながら、新たな才能を開いていきました。

「お父さんのおかげで、私は、描くという楽しみを教えてもらったわ。お父さんが認知症にならなかったら、私、絶対描かなかったもの。そう思えば、こうなったことも感謝だね」と、しみじみ語ります。

まっちゃんと共に乗り越えた「夏の悪夢の時間」から、私たちは学びました。忍耐の時間は、諦めなければ、ダイヤモンドとして輝くと——。

第8章

伴走の旅

初めて知った、切ない「卒業」

鍼灸の効果もあって、たかかずさんの体調も正常になっていきました。暑い日には薄着で、寒い日には重ね着をして――。それは当たり前のことなのに、たかかずさんの着ている服を見て、心から安堵する毎日でした。

そして、「あの夏」から続けているマッサージは、私の知らなかった父を知る時間にもなりました。認知症なので、話の半分は本当かな〜と聞いています。

「わしが大分に植えたイチジクが、もう大きゅうなって実をつけとるじゃろう。早う取らんと、サルどもに持って行かれてしまうぞ」

イチジクのなる季節ではありませんが、たかかずさんの頭の中には、美味しそうな実がたわわになっているのでしょう。とても平和な会話で8年目の新年はスタートしました。

お正月、大分の友人に電話をかけると、両親の様子を尋ねられ、認知症のことを話しました。

「みどりちゃん、あんたは小さいとき、おじさんにお姫様のように可愛いがられちょったんよ。おじさんの宝物じゃったんよ。いろいろ大変だと思うけれど、どうか、おじさんをよろしくお願いしますね」

故郷を離れた父を、親戚でもない人が心配してくれるのです。なんて幸せ者なのだろうと思いました。

大分の海辺の町で、まだ歩けない幼い私を肩車したり、自転車に乗せて、毎日散歩に連れて行ってくれた、たかかずさん。

「絶対に手を離すなよ」と私を背中に背負い、首につかまらせて、抜き手を切って沖に向かって泳いだ、たかかずさん。

自分が音痴だったので、私に童謡を繰り返し歌わせ、田舎では珍しいピアノまで習わせてくれた、たかかずさん。

運動会で、かけっこがいつもビリの私に「転ばんように走れ！」と笑って応援してくれた、たかかずさん。

忘れていた幼い日の思い出が、友人の言葉に引きずられて魔法の小箱から飛び出してきました。涙が思わずハラハラこぼれ、胸がいっぱいになりました。昔、慈《いつく》しんでもらったように、たかかずさんを愛したいと思いました。

でも、現実はユートピアではありません。最近のたかかずさんは、「今日はいつか」がわからなくなりました。しばしば昼と夜とが逆転します。先日も夜9時に「デイに行くぞ！　早く起きんか！」と、まっちゃんが寝入りばなを起こされました。食欲も別人のようです。腹八分をずっと守り続けてきたのに、食事のあとに、バナナもパンも平らげてしまいます。

物忘れもさらに進みました。認知症は、新しい記憶を脳に留め置くことが、だんだん難しくなりますが、たいていの出来事は、10分後には忘れています。

でも、まっちゃんと西宮に来てから、「これは、わしの大事な仕事だ」と自負し

最近のたかかずさん

正しい日付を言っても、信じないので、その日の新聞を渡します。そうすると本当かと、さらに疑い、1枚ずつ丹念に調べます。全部同じだと納得すると、新聞をゴミ箱に捨てます。

そして、

：おまえは、3日じゃと言うが、3日の新聞なんかありゃあせんぞ

と怒ります。それで私は、ゴミ箱をひっくりかえして探すのです。

あっ、ゴミ箱の中に3日の新聞が落ちとったよ！

使用済みの尿取りパットも干して再び使おうとします。ダメだと言っても

漁村のイカ干しに似ています

：おお、そうか！

と言いながら、すぐ忘れます。大正生まれは"もったいない"精神。たかかずさんがせっせと干し、私がせっせと捨てます。

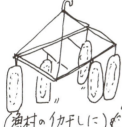

ていることは覚えていて、今でもその任務を懸命に果たそうとしています。命にかかわることでなければ、いいだろうと見守ってきたそれらの仕事も、そろそろ「卒業」を考える時期がやってきました。

いつものように1階に郵便物を取りに行ったたかかずさんが、戻ってくるなり、道具箱からバール（釘抜き）を取り出しました。少々ご機嫌ななめです。

たかかず「郵便受けの鍵穴に鍵が入らん！
仕方がないから、バールで鍵穴を壊してくる！」

みどり「ちょ、ちょっと待って、お父さん。その鍵を開けるのは、こっちの鍵だよ。それは昔の鍵で開かないよ。こっちで開けてみて」

たかかず「おお、そうか」

私がいなければ、郵便受けは破壊されていたでしょう。でも、鍵を見つけ一件落着しても、次の日には、その鍵もなくしてしまいます。「卒業」を考える背景には、もう一つの理由がありました。それは、送られてきたであろう大切な書類が、父が郵便を取りに行くと、なくなってしまうことでした。きっと捨てているのでしょう。

たかかずさんの貢献できる数少ない仕事を奪うのは可哀想ですが、取りに行かせなければ、問題は起きません。「寒いから冬の間は、私が取ってくるよ」と言うと納得したので、この仕事はなくなりました。


1階の集積場にゴミを捨てに行くことも、たかかずさんの仕事でしたが、ある出来事をきっかけに「卒業」しました。

ある日の昼下がりのことです。ヘルパーのトモ子さんが、帰りがけに立ち寄り、「隣のドアが開いてます。おばあちゃん一人でしたが、大丈夫ですか？」と声をかけてくれました。母に父の居場所を聞くと、ゴミを捨てに行ったとのこと。まっちゃんは、「その辺を散歩しているんじゃないの？」と言いますが、すでに昼をまわっています。帰りが遅すぎやしないか……、嫌な予感がします。

20分ほど経過して「お父さん、まだ帰って来ないのよ。どうしよう〜」と、母がやって来ました。ゴミを持って家を出てから、ゆうに1時間が過ぎています。たかかずさんは、どこかできっと迷子になっているのです。急ぎ、探しに行こうとドアを開けると、私の家の前をヨロヨロと通り過ぎていく後ろ姿が……。紛れもなく、たかかずさんでした。

「お父さん！　どこに行くの？」

た「ゴミを捨てに行ったんだ。それが、どうしても1階に降りられんのだ。あれが見当たらんから、探しておるんだ。あれだ」

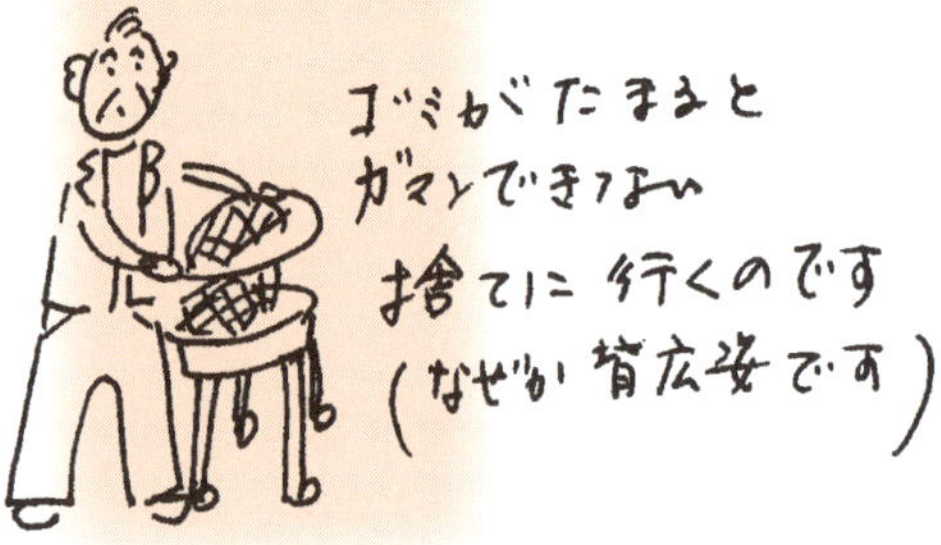
ゴミがたまると
ガマンできない
捨てに行くのです
（なぜか背広姿です）

たかかずさんが、必死に「あれ」と言うのは、歩行器とゴミ袋。どうやら1時間近く、「あれ」を求めてさまよっていたようです。

み「歩行器なら私が探してくるから、家の中に入って待っとってね。探しに出たらダメだよ。家にいてね。私が見つけてあげる。どこにあるか知ってるから」

「おぉ、そうか、お前が知っとったのか」

とりあえず「知っている」と言って安心させないと、また外に出ていきます。母に監視役をお願いし、駆けつけて来てくれたケアマネさんも加わって、歩行器探しが始まりました。

自転車置き場、花壇、エレベーターホール、階段の踊り場……、すべて見当たりません。1時間近くさまよっていたことを考えると、よその棟にも足を延ばした可能性があります。探すこと1時間。ありました！ 見落としていた9階の階段の踊り場に、ゴミ袋を乗せたままポツンと寂しく置いてありました。

どうして9階にあったのでしょう。

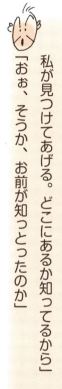

おそらく、たかかずさんは、エレベーターのボタンを押し間違えて9階まで行き、歩き出して1階でないことに気づき、パニックになって自宅のある3階に舞い戻ったのでしょう（自宅のあるフロアー階をよく覚えていました）。ところが、「あれ」がないことに気づきます。どこで消えたかは思い出せないけれど、大事なものだということはわかる。それで、歩行器とゴミ袋を探し、とめどもなくさまよい続けたのでしょう。

み「お父さん。歩行器、見つかったよ！」

た 「お～！ 見つけたか！ ありがと、ありがと、あんたは偉いのぅ」

ま「申し訳ないね。ごめんね。ごめんね」

知らせを受けたたかかずさんは、椅子から立ち上がり、手をパチパチたたいて、無邪気な子どものように喜んでいます。その傍らで、まっちゃんは半べそ状態でした。さて、翌日から、ゴミが溜《た》まったら何はともあれ、朝一番に私が捨てに行くこ

笑いましょう！

パン

昼と夜が逆転して、夜中にウロウロします。お菓子を食べていたり、大工仕事らしいことをします。まっちゃんも私も一緒に起きているわけにはいきませんので、朝

まっちゃん

えーっ！は覚悟の上です。

この前、デイに行って、入浴後まっちゃんが着替えようとしたら、

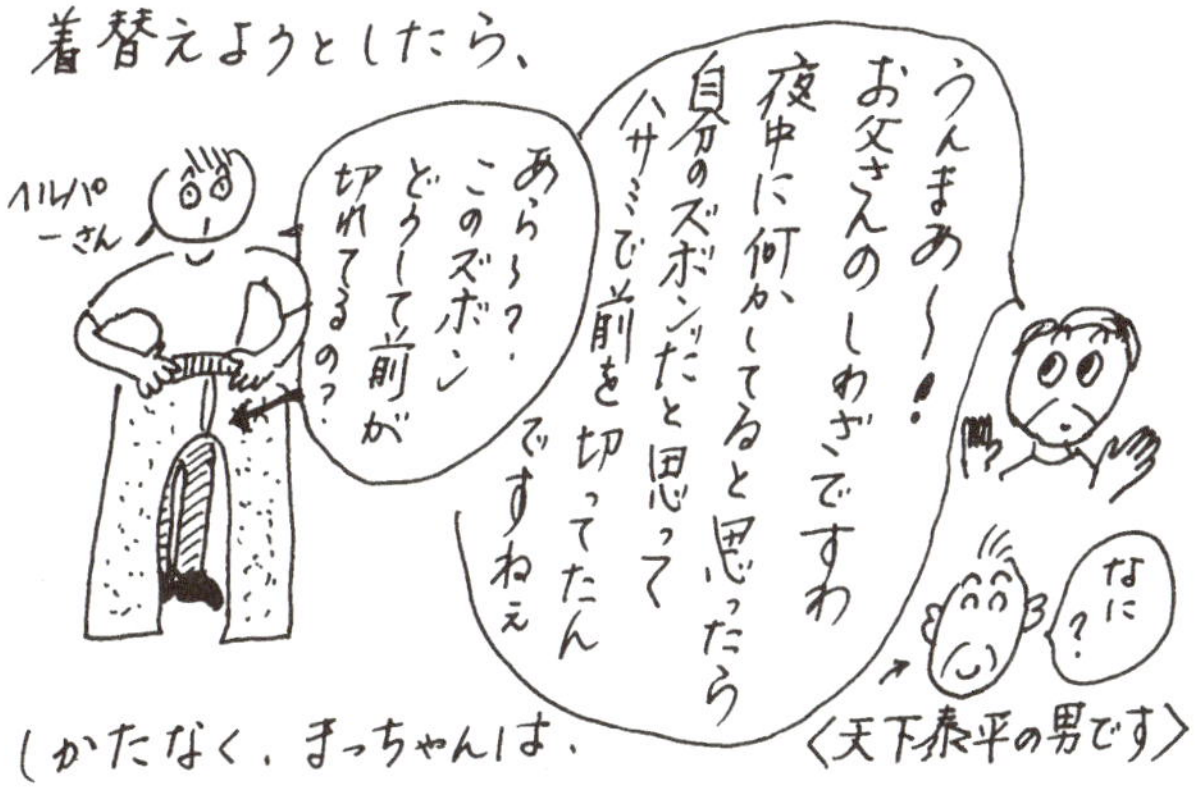
ヘルパーさん
あら～っ？このズボンどうして前が切れてるの？
うんまあ～！お父さんのしわざですわ
夜中に何かしてると思ったら自分のズボンだと思ってハサミで前を切ってたんですねぇ
なに？
〈天下泰平の男です〉

しかたなく、まっちゃんは、
前の開いたズボンをはいて、
上着でかくしながら帰ってきました。
私もまっちゃんも大笑い。
ここで情けないと泣くのは介護初心者。
おかしいことは、うんと笑って介護上級者をめざしましょう。

とにしました。

まっちゃんの役に立ちたい——。たかかずさんの思いは、認知症になっても変わりません。だからゴミ袋を見ると、捨てに行こうと体が反応してしまうのです。今日は、迷子になったのが歩行器でしたが、たかかずさんが迷子になっても、おかしくありません。そうなれば、まっちゃんを悲しませることになります。

子どもたちが折々に迎える「卒業」と違い、お年寄りの「卒業」は、切なさが伴います。初めて知りました。

ヘルパーさんの前では、素直なたかかずさん

二つの仕事は「卒業」しましたが、週1回の買い物は、今もたかかずさんの「心の張り」になっています。この仕事は、ヘルパーさんたちに助けられ、今日まで続けてこられました。最近は、買い物よりもヘルパーさんとのデートの方がお楽しみ

お買い物はガウンで

ヘルパーさんとの買い物に、ずっと背広で行っていたのに、ガウンを着て行くようになりました。孫（正嗣）からプレゼントされたからだろうと思っていたら、

：ガウンがあったかいからでしょ。

：違う！背広で車イスに乗っておったら、元気なくせにと人がジロジロ見るだろうが…。

：ジロジロ見られてると、感じてるのやね。

ガウンを着ておったら、あ〜病気なんだこの人は病院から来たんだと思うじゃろう。だから…わしはガウンを着て行くんじゃ

いい考えじゃろう

：なるほど、いっぱい考えて決めたんやね。今はいいけど夏になったらフリースのガウンはどうなるのでしょう。まあ夏は夏に考えよう。

一応、説明するのが、かわいいよ、お父さん

のようですが。

今日もうれしそうに買い物デートに行く父を見送りながら、私は二人が西宮にやってきた当時のことを思い出していました。家にヘルパーさんが入ること、デイサービスに行くことに、あれだけ抵抗を示していましたが、今では二人の生活に欠かせません。

協調性に欠ける点も、たかかずさんは心配でしたが、今はどうでしょう。お世話になっている姉妹のヘルパーさんの言うことには、娘の私がびっくりするほど素直に従います。

たかかずさんには、お宝探しという収集癖があります。そのために家の中には、ガラクタや不用品がたくさんありました。私が片付けようとすると怒っていた人が、ヘルパーさんに促されるとどうでしょう。

㋬「お父さん、これも捨てていいですよね」
㋟「なんでもかんでも捨てて、この年寄りをいじめるなよ。

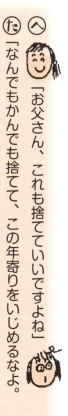

おぉ、きれいになった。ありがとう、ありがとう」

そのおかげで、汚れてずっと片付けたいと思っていた敷き物まで一掃できました。フローリングが見えるようになって、「おや、家が広くなったみたいですね」と医師や看護師さんも驚いています。

たかかずさんがなくした預金通帳（6章で紹介）も、ヘルパーさんに助けられ解決しました。通帳は、父がデイに行っている時間を見計らい、半年かけて部屋中をくまなく探したのですが、見つかりません。再発行は、本人が銀行に出向く必要があるのですが、たかかずさんは、「通帳は銀行に預けている」と信じて疑いません。連れ出すのは至難の業。下手をすると、激怒しかねません。考えあぐねていたある日、ふと知恵が湧きました。

「お父さん、銀行に預けている通帳だけど、毎月家賃が落ちて、（記載場所が）いっぱいになっていると思うよ。新しい通帳に換えてもらいに行こうよ」

すんなりと提案を受け入れました。両親が生きていくための大切な資金です。3日後、たかかずさんの気が変わらないよう、お気に入りのヘルパーさんと三人で銀行に出かけ、再発行をしてもらいました。

そして、何回トライしても「やっぱり行かん！」と言って実現しなかった週にもう1回のデイ通いも、ヘルパーさんの朝30分の「送り出しヘルプ」（デイサービスの朝の送り出しをサポートするサービス）で、いとも簡単に実現しました。たかかずさんを24時間見守り続けるまっちゃんも、デイサービスに週2回（水・土曜日）行くようになって、気持ちをリフレッシュできるようになりました。

「お父さ〜ん、デイに行く用意をしましょうね」

ヘルパーさんが明るい声で訪れると、どれほど難色を示していても、少年のように「はい！」と言うのです。老いとともに活動範囲は狭まりますが、ヘルパーさんをはじめとした「チーム」のおかげで広がっています。

そのデイサービスも、たかかずさんにとって大事な場所。水曜日と土曜日は、朝から身支度に余念がありません。ただし、最近のコーディネートは、どこか間が抜けていますが……。

今、たかかずさんが、身だしなみで一番気にしているのは、薄くなった眉《まゆ》です。3年前から眉ペンで描くようになりました。デイサービスに行く日は、特に丹念に描きます。さらに、2年前からは、なんと毛筆用の筆ペンで描くようになりました。

そのこともすごいのですが、この筆ペンをすぐになくします。振り向いたら、ないという頻度です。そのたびに探すのは大変ですから、10本買ってストックしています。こういうとき、100円ショップは、強き味方です。

さらに、この頃は、眉を描いたことも忘れます。今朝の眉毛は5回描きました。歌舞伎の荒事《あらごと》の役者風です。

「お父さん、今日の眉毛は濃いねぇ。凛々しくて、かっこいいわ」

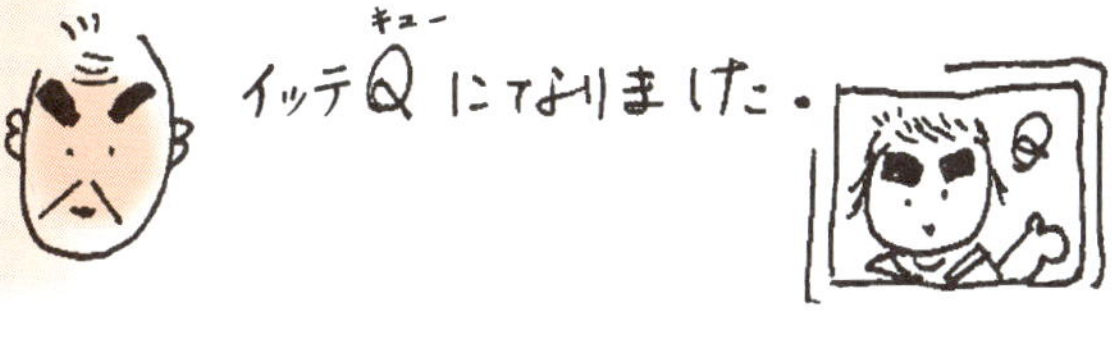

Ⓣ「そうじゃろう。髪も黒いだろう。染めたんだ。本当は全部白髪なんだよ。ごまかしているんじゃよ」

ヘルパーさんのプロの仕事には、教わることばかりでした。真剣に褒められると、たかかずさんは、さらにお洒落をするようになりました。自分では、ダンディーに決めているつもりなのですが、いろいろおかしいのが現状です。それでも、ヘルパーさんは真剣に褒めてくれました。

半分笑って、半分泣いて

私と母も、この半年で認知症について学びました。たとえば、たかかずさんの被害妄想が始まるのは、往々にして私たちが話をしているとき。なぜか、自分の悪口を言っていると思うのです。

(み)「だから、お父さんのことを話すときは、山田さんと言おうよ。
それなら聞こえても、自分のことだとは思わないから。
明日は、斎藤さんでもいいよ」

(ま)「あぁ、それはいいかもしれんね。それじゃぁ、山田さん、夕べは落ち着いていたよ。夜中に起きて、お菓子を食べたみたいね」

(み)「山田さん、夜中に一人で？　何を食べるかわからんから、腐ったものを冷蔵庫に入れとかないようにね。山田さん、朝ごはんは？」

(ま)「食べたよ、納豆の匂いだけでも嫌がるのに、
おかゆに入れたら食べてた」

(み)「ひぇ〜、山田さん、嫌いな納豆、食べたんや〜」

その「山田さん」は、話をしている私とまっちゃんの後ろを、ひょこひょこ通って玄関の花に水をやりに行きました。自分のことだと思ってもいないようで大成功です。

玄関に落ちた花がらを拾うのも、たかかずさんの毎日のこだわりです。一つでも落ちていると気に入らないのです。水をあげてくれたら、「本当にご苦労様」と感謝しなければいけません。やっと、歩いているような状態なのですから。痛い腰をかばいながら、洗濯物も干してくれます。それも、これも、少しでもみんなの役に立ちたいから。いじらしくなります。

私たちは一日の半分泣いて、半分笑いながら、時間を輝かせてきました。そうでなければ大切な人生を生きた甲斐がありません。

リビングの真ん中で、一人呆然と立っている父の姿に、何度も感じたことがあります。たかかずさんも、「忘れる自分」と必死で闘っているのだと――。

電池が切れた人形のように何十分も身動きもせずに立ち続けている時、「忘れてしまったこと」を誰にも聞けず、必死に思い出そうとしているのでしょう。その闘いを私は想像することしかできませんが、恐怖に近い気持ちだと思います。

たかかずさん、まっちゃんと歩き、泣き笑いをしながら、いつのまにか介護する私も「恥ずかしいことは何もない」と笑う「したたか者」に鍛錬されてきました。そんな三人の日常を話すと、友人はこう言います。

「悪いんだけど、おかしいんだよね。傑作に楽しくて、笑ってしまうよ。こういう生活を共にしてみたいなと思うよ。本当は闘いなんだろうけど。楽しそうなんだよね、いつも」

友人の言葉に、うれしくなりました。三人で格闘してきた毎日をちょっと誇りたい気分になりました。

今日も朝日が昇るように、人生の伴走は続きます。すでに、たかかずさんは97歳、まっちゃんも88歳。生きること自体が激しい闘いです。さらに病を得れば、喘《あえ》ぐように人生の最終章の坂を登って行かなければなりません。

決して諦めない。こんなに負けない人生の勇者に伴走すれば、きっと私も究極の負けない精神を学ぶことができるでしょう。

あっぱれ、たかかずさん

9月下旬、いつものように元気にデイサービスに出かけた父が、熱を出しました。看護師さんに来ていただき、点滴、採血をしました。炎症反応もたいしたことはなく、熱も2日で下がったのですが、食事が取れなくなりました。

これまで、熱があっても食欲は落ちなかった人が、スプーンで3さじほどヨーグルトやプリンを食べると「もういい」と言うのです。吐き気も、痛みもありません。血液検査もどこにも異常はありませんから、毎日、最小限の点滴をしながら様子を見ることにしました。

極端に食が細くなり、思うように体を動かせないだけですから、ベッドで過ごす時間が長くなると、それはうるさい人になりました。「超絶」にうるさいのです。

「おい、お～い！」

1時間に40回は呼びます。「電気を消せ、つけろ」「扇風機をつけろ、消せ」「顔をふけ（これが一番多かったです）」「メガネをふけ、掛けさせろ」「クーラーをつけろ、消せ」「新聞を持ってこい」「血圧を測れ」「体温を測れ」「小便が出たか見ろ、おむつを換えろ」……。

同じことを24時間繰り返し言われているうちに、母が悲鳴を上げました。「おい」と言われれば、習慣で「はい」と思わず応えてしまうので、まっちゃんは、夜もろくに寝ることができません。

眠りについても、たかかずさんが隣のベッドに手を伸ばし、「おい、起きろ」とバシバシ叩きます。まっちゃんは「助けて～」と弱々しい声を発すると、ついに倒れました。

睡眠不足と過労で、持病の不整脈の発作を起こしたのです。まっちゃんの命を守るために、その日から別の部屋で寝てもらい、たかかずさんには、かかわらせないようにしました。

別室のベッドで、まっちゃんは、現実から逃れるようにひたすら眠り続けました。

88歳の体は疲れ果てていたのです。「老老介護」の難しさを目の当たりにしました。体力のない者が、体力のない者を看ることは、命を削る作業なのです。

一方、私は、その日から過酷な「トリプル介護」が始まりました。1時間おきに2軒の家を行ったり来たりして陽が沈み、朝が来ます。睡眠不足と疲労で自分がそのうち倒れるだろうと思いました。


何とかしなければ――。

たかかずさんには、可哀想だけれども入院してもらおう。白旗を上げようと決めました。私たち介護者が、少しでも休養しないと、この先何カ月続くかわからない父の介護はできません。母にも事情を話し、私はケアマネさんと病院を探しはじめました。

ところが、思いもしない壁にぶつかりました。そんなたかかずさんを受け入れてくれる病院がないのです。おまけに父は、認知症でうるさいときています。入院は、ますます難しいのです。6つ目の病院で、「2週間ぐらいならいいですよ」との回答をやっといただきました。

入院の3日前、お昼前にたかかずさんをのぞくと、下の顎を使ってしゃくりあげるような呼吸をしていました。かのこが、ひどい肺炎の時にする、呼吸とよく似ていました。連絡すると、すぐに訪問医が駆けつけてくれました。様子を診ると、医師は静かに語りました。

「血圧も下がっていますので、今晩ぐらいですね」

それは、たかかずさんの「今生《こんじょう》の最後の闘い」だとの宣告でした。一番恐れていたことなのに、私はうろたえませんでした。たぶん、かのこと生きてきた日々が、そうさせたのでしょう。「もうダメです」と何回も言われ、それでも生き抜いてきた娘です。私は、たかかずさんの闘いも、まだ「はじまり」だと思いました。

なのに、それから20分後、たかかずさんは、大きな呼吸をしたあと、次の呼吸がなかなか来ませんでした。二つ目の呼吸が来た時、私は手首で脈をみました。あれほど力強く打っていた心臓の鼓動が、かすかにしか感じません。

それから三つ目の深い呼吸をして、たかかずさんは二度と呼吸をしませんでした。

私の腕の中で静かに最期の眠りにつきました。
2016年10月9日、たかかずさん、97歳と半年の生涯でした。

携帯電話で「今、呼吸停止しました」と訪問医に告げました。医師が途中から引き返してくるまで、私は、父の頬を両手で包んで話しました。
「お父さん、まだ聞こえているよねぇ。頑張ったねぇ。本当に、いろいろありがとうございました」
毎日、マッサージした耳に口を当てて話し、頭を撫でて泣きました。メガネをかけたまま、眠っているようなたかかずさんの顔を携帯のカメラに納めると、まっちゃんの寝ている部屋に行き「お母さん、今、お父さんが逝きました。お別れしようね」と言いました。

まっちゃんは、仲良く並んだ自分のベッドに這いずり上がると、たかかずさんを抱きしめました。

「まだ温かい。お父さん、お父さん、まだ温かいですよ。よく頑張ったね。お父さん、二人で生きた人生は、本当に楽しかったですねぇ」

と、耳元でささやきました。それから、何曲も、何曲も、父が好きだった童謡を歌い続けました。あれほど、たかかずさんのために命をすり減らしてきたというのに、惜別の情は、溢れて、溢れて、溢れて……。

私は、母を慰める言葉を見つけられませんでした。

「お父さん、まっちゃんのことは任せてね」

私は心の中で、たかかずさんにそう話しかけました。

❀ ❀ ❀

葬儀も無事に終わり、空には、高く、うろこ雲が広がっていました。秋風にのって飛んで行き、宇宙に溶け込んだ父の命は、今、どこかで再びのスタートを迎えていることでしょう。

最後の2年間は、「たかかずさんのお世話係をお願いするわ」と、まっちゃんから指名を受けた美人姉妹のヘルパーさんや、訪問看護師さんたちに身のまわりの世話をしてもらっていました。口数の少ない父が、彼女たちとは、驚くほど饒舌に話していました。

「年寄りをいじめるなよぅ」

「痛ッ、痛ッ、痛くないように注射してくれよ」

などと、艶っぽい甘えた言葉を発していた日々がふと思い出され、笑えてきます。

親だからこそ、娘である私には、寛容の精神、言葉の使い方、尊厳、尊敬など、たくさんのことを、身を挺して教えてくれました。心から感謝しています。

まっちゃんと新たな伴走の旅へ

あれから1カ月がたちました。憔悴《しょうすい》した母は、一目見てわかるほど体重が減り痩せました。最初の2週間は、いっしょに過ごした家は、思い出が詰まっていて辛いと言うので、我が家に母のベッドをしつらえました。

3週間が過ぎると、朝食を終えたまっちゃんは、朝の6時から夕方4時まで自宅で自由に過ごすようになりました。

「こんな日々は、ウソのように感じるわ。あの夜も昼もないような緊張した日々が、本当の私だった気がするのよ……」

そう言いながらも、新しい生活を楽しみはじめました。手に入れたキーボードのデモンストレーションミュージックを流して、広くなったリビングで踊ったり、きれいに掃除して太陽の光が溢れたベランダでたくさんの花たちを育てています。部屋の中でシイタケ栽培も始めました。

父の写真に好きだった物をお供えし、生きていたときのように話しかけます。たかかずさんの思い出に浸り、泣いたり、笑ったりしながらも、前を向いて歩き出しました。

デイサービスにも通いはじめました。「今日はヘルパーさんが来る日だね。明日は、リハビリの先生が来るんだっけ……」と、これまでの忙しい日常に追い立てられるようになりました。広くなった自宅には、お友だちを招いておしゃべりに花を咲かせています。

今、まっちゃんは、自分の足で人生の最終章の坂を登りはじめました。これから、まっちゃんと見る光景は、どんなものでしょうか？

「怖いですか?」と自分自身に聞いてみました。

静かに、深く、心の奥底にある答えを探すと、あの伊丹空港での光景が蘇ってきます。そして、「前に進もう」という答えが浮かび上がってくるのです。さらに大変な未来がそこにあっても、迷い、ため息をつきながらであったとしても、「愛情と勇気と笑う心」を引っ提げて、前に進もうと。

あのときと違うことは、たかかずさんが残してくれた、たくさんのサポーターがいっしょだということです。共に戦った仲間と行く旅。それは、心強く楽しいものです。孤独ではありません。

そして、心配を吹き払うように、もう風は吹いているのです。

前へ前へと——。

おわりに

9年前、二人を迎えた日から、「毎日、毎日、よくいろいろな〝事件〟が起こるね」と言われました。私もその通りだと笑いました。本当に休む暇なく何かが起こりました。そのことも驚きですが、自分でもすごいなと思うのは、そのすべてと真正面から闘い、何らかの解決をみたことでした。

困ったことは山ほどありましたが、ひるまず前進できたのは、「チームたかかずさん」と呼べる仲間たちがいたからでした。このチームがなければ、「もう、一人では無理」と、両親の介護に白旗をあげていたかもしれません。

ヘルパーさん、デイサービスの職員さん、お医者さん（いろいろな先生にお世話になりました）、訪問看護師さん、理学療法士さん、ケアマネジャーさん、福祉タクシーの運転手さん、介護用品の担当者さん……。みなさんが労を惜しまず、専門の分野でサポートをしてくださいました。

そして、介護をする仲間たちにも、励まされ、助けられてきました。悲しいとき、辛いときは、その仲間たちに話すのが一番です。介護者同志は「大変だね」とは、言いません。「そ〜うなんだよね。ぜ〜んぶ、わかるよ」「それはまだ序の口、可愛いもんだわ」「もっとすごくなるよ。楽しみにしてなさい」と言います。そして、いっしょに笑い転げるのです。笑えれば、また頑張れます。

私は、両親のこと、なかでも父の介護の顚末を、パーソナリティーを務める地元のラジオ番組で包み隠さず話してきました。リスナーの方からは、「そこまで、お父さんの恥をよく話せるねぇ」と言われたこともあります。

でも、私は恥を話しているという感覚をまったく持っていませんでした。それは、認知症という病と果敢に闘う父と、その父を支え、共に病に立ち向かう介護者の話だと思ってきました。切なさと同じ分だけ、笑えることもたくさんありましたから。

その父を、私はこの本の執筆中に看取りました。たかかずさんには、最期の瞬間まで驚かされっぱなしでした。私が父と母と娘の介護に音を上げて入院させようとした時、たかかずさんは、自分が進む道は、自分で選ぶのだと言わんばかりに、入院前にスッパリと逝きました。それは、父が常に望んでいた逝き方でした。

・家で逝きたい

・痛みなく逝きたい

・妻より先に逝きたい（妻亡きあとの悲しみに耐えられない）

すべてを叶えて、「お父さん、あっぱれでございました！」と言ってあげたいほど、見事な旅立ちでした。どんどん透き通るようにきれいな顔になり、柔らかく、微笑んでいた父は、最期までダンディーでした。「ハンサムだねぇ」と葬儀に参列した若い女性や仲間に褒められて、「そうじゃろう」と、にんまりしている姿が、目に浮かぶようでした。

たかかずさんを看取り、私は、まっちゃんと新たな日々を歩きはじめました。新たな航海に出ました。その思いをここに留めたいと思います。

「介護」――行く手が見えないこの航海は、
突然ドラが鳴り、船が出港します。
航海が始まったならば、船長は、精一杯、舵を取るしかない。
海に漂ってはいられないからです。
出来事のすべてが、ため息の出ることだったとしても
このまま、消えてしまいたいと思うほど辛くても
船長をやめて、船を難破させることはできないのです。

嵐の日には「助けてくれ」と言えばいい。仲間は必ず出てきます。
嵐のあとには、絆強い友となることでしょう。
「大変だよ、無理だよ、損をするよ」
言葉の魔力に怯えたくありません。
それが、「あきらめない」ことだから。
それが、「勇気」だから。

それが、皆が「幸せになる」航路だから。
そして、ある日、船は、新しい港に到着するのです。
舵を取り続けた私を、
守り支えてくれた皆を、
そして、皆を乗せて戦い、ボロボロになった船を、
新しい光が「おめでとう」とやさしく抱くはずです。

こんな、ファンタジーを鮮やかに心に描きながら、
そして、夢ではなく現実にしたいと、
私という船長は、今日も進みます！

この記録を、最高に愛する、楽しい家族と介護チームの皆様、
そして、奮闘中のすべての介護者に捧げます。

【著者プロフィル】

脇谷　みどり（わきたに　みどり）

1953年大分県生まれ。作家。障がいのある娘の誕生をきっかけに介護に奔走しながら、90年に絵本『とべ！　パクチビクロ』（らくだ出版）を刊行。96年には郷里の母がうつ病を発症。日常の「くすっ」と笑える葉書を毎日送り続け、その間に母の病気は完治。13年間で5000枚にも及ぶ葉書を巡るドラマを、2011年に『希望のスイッチは、くすっ』（鳳書院）として上梓した。また、00年から「風のような手紙」を毎月発行。介護の日常を明るくつづった個人通信は、口コミで愛読者が広がる。05年からは西宮「さくらFM」でラジオ番組「風のような手紙」（毎週水曜日）でパーソナリティを担当。08年からは毎日新聞・大阪版にイラスト・エッセイ「KANOKO MEMO」（月1回、第2水曜日）を連載中。多くの人々に笑いと希望を送り続けている。

晴れ ときどき 認知症
——父と母と私の介護3000日

2017年7月17日　初版第1刷発行

著　者　脇谷みどり（わきたに　みどり）
発行者　大島光明
発行所　株式会社　鳳書院
〒101-0061 東京都千代田区三崎町 2-8-12
電話番号　03-3264-3168（代表）
印刷所・製本所　中央精版印刷株式会社

©Midori Wakitani, 2017 Printed in Japan
ISBN978-4-87122-190-0 C0095
落丁・乱丁本はお取り替えいたします。
ご面倒ですが、小社営業部宛にお送りください。送料は当社で負担いたします。
法律で認められた場合を除き、本書の無断複写・複製・転載を禁じます。